DRIN
DRING

MARTIN VEYRON

BERNARD LERMITE 4

L'ETERNEL FEMININ DURE

l'Echo des Savanes/Albin Michel

Du même auteur

Aux Éditions Albin Michel :

Bernard Lermite
Plus lourd que l'air
Personnellement je ne veux pas d'enfants
Un nègre blanc le cul entre deux chaises
L'amour propre ne le reste jamais très longtemps

En collaboration avec Jean-Marc Rochette :

Edmond le Cochon
Edmond le Cochon va en Afrique
Le Continent Mystérieux

22, rue Huyghens, 75014 Paris
ISBN 2-226-01473-X

L'ETERNEL FEMININ DURE

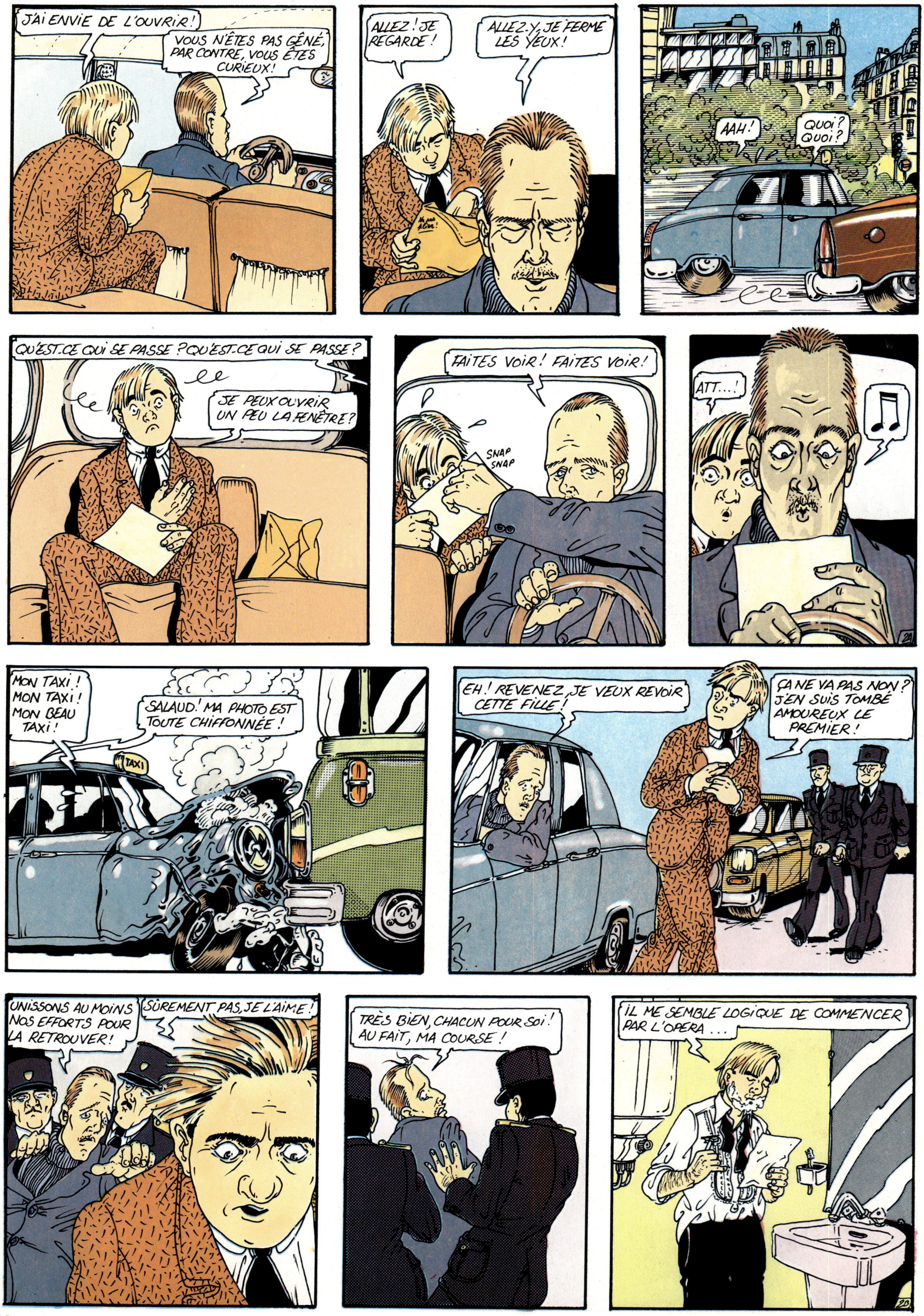
J'AI ENVIE DE L'OUVRIR!
VOUS N'ÊTES PAS GÊNÉ, PAR CONTRE, VOUS ÊTES CURIEUX!
ALLEZ! JE REGARDE!
ALLEZ-Y, JE FERME LES YEUX!
AAH!
QUOI? QUOI?
QU'EST-CE QUI SE PASSE? QU'EST-CE QUI SE PASSE?
JE PEUX OUVRIR UN PEU LA FENÊTRE?
FAITES VOIR! FAITES VOIR!
SNAP SNAP
ATT...!
MON TAXI! MON TAXI! MON BEAU TAXI!
SALAUD! MA PHOTO EST TOUTE CHIFFONNÉE!
TAXI
EH! REVENEZ, JE VEUX REVOIR CETTE FILLE!
ÇA NE VA PAS NON? J'EN SUIS TOMBÉ AMOUREUX LE PREMIER!
UNISSONS AU MOINS NOS EFFORTS POUR LA RETROUVER!
SÛREMENT PAS, JE L'AIME!
TRÈS BIEN, CHACUN POUR SOI! AU FAIT, MA COURSE!
IL ME SEMBLE LOGIQUE DE COMMENCER PAR L'OPÉRA...

PAR ICI MONSIEUR!
ATTENTION, ÇA VA ÊTRE À NOUS LES ENFANTS!
SCRTCH! SCRTCH!
?
?
SCRITCH SCRTCH
CHUT!.. MAIS...OH!
SALAUD! MA PHOTO!
?
?

SALAUD! MA PHOTO!, IL M'A PRIS MA PHOTO!
HOP LÀ!
PUTAIN, QU'ELLE EST BELLE!
ENFIN, RENDEZ LUI SA PHOTO, QUE LE SPECTACLE PUISSE CONTINUER!
MA PHOTO!
MAIS, QU'EST-CE QU'IL Y A SUR CETTE PHOTO À LA FIN?
C'EST UNE DANSEUSE, MAIS C'EST MOI QUI L'AI VUE LE PREMIER!
OUI, MAIS ELLE ÉTAIT DANS MON TAXI, DITES DONC, ÇA NE SERAIT PAS VOUS PAR HASARD SUR CETTE PHOTO?
JE NE VOIS RIEN! VENEZ DANS MA LOGE!
J'Y VAIS!
CRAAAAC
CLAC

LES LOGES, C'EST PAR ICI ?
OUI, MAIS POURQUOI ALLER LES FÉLICITER SI LE SPECTACLE NE VOUS PLAIT PAS ?
BON, ÇA VA ? ON PEUT CONTINUER ?
NON, IL Y A QUELQU'UN QU'A MAL !
AÏE, OUILLE ! BOU HOU HOU !
BOU HOU HOU !
PARDON MADAME, JE VOUS AI FAIT MAL ?
OÙ SOUFFREZ VOUS MA CHÈRE ?
BOU HOU !
JE... JE SUIS DÉSOLÉ
IL A ÉCRASÉ MON GÂTEAU !
DIEU ME DAMNE !
A
BIEN, L'INCIDENT EST CLOS... MESSIEURS ?
TAP TAP
CRAC BOUM

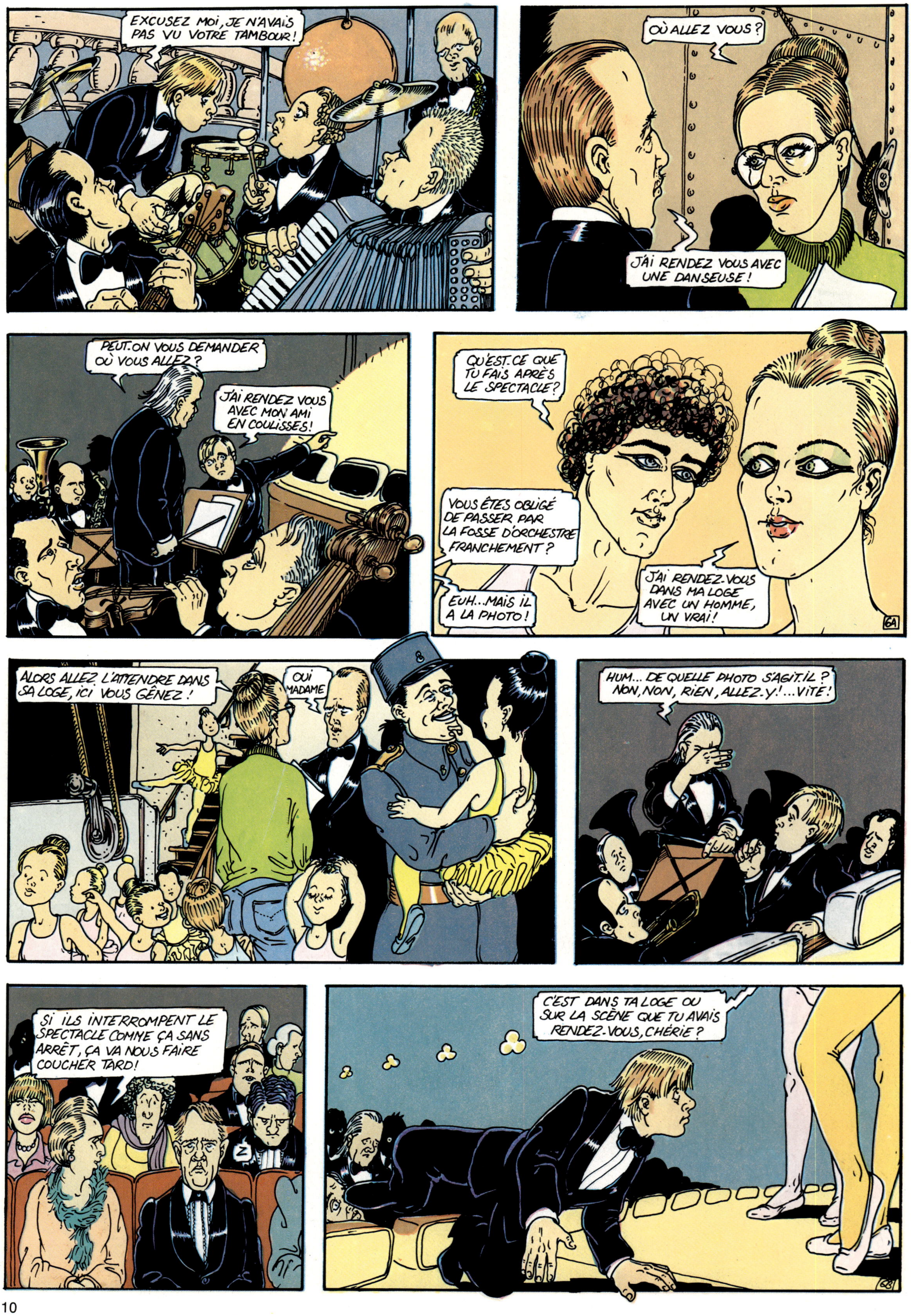
EXCUSEZ MOI, JE N'AVAIS PAS VU VOTRE TAMBOUR!
OÙ ALLEZ VOUS ?
J'AI RENDEZ VOUS AVEC UNE DANSEUSE !
PEUT-ON VOUS DEMANDER OÙ VOUS ALLEZ ?
J'AI RENDEZ VOUS AVEC MON AMI EN COULISSES!
QU'EST-CE QUE TU FAIS APRÈS LE SPECTACLE ?
VOUS ÊTES OBLIGÉ DE PASSER PAR LA FOSSE D'ORCHESTRE FRANCHEMENT ?
EUH... MAIS IL A LA PHOTO!
J'AI RENDEZ-VOUS DANS MA LOGE AVEC UN HOMME, UN VRAI!
ALORS ALLEZ L'ATTENDRE DANS SA LOGE, ICI VOUS GÊNEZ !
OUI MADAME
HUM... DE QUELLE PHOTO S'AGIT-IL ? NON, NON, RIEN, ALLEZ-Y!... VITE!
SI ILS INTERROMPENT LE SPECTACLE COMME ÇA SANS ARRÊT, ÇA VA NOUS FAIRE COUCHER TARD!
C'EST DANS TA LOGE OU SUR LA SCÈNE QUE TU AVAIS RENDEZ-VOUS, CHÉRIE ?

CE QUI M'ÉTONNE SURTOUT, C'EST QUE CE N'EST PAS AVEC LUI QUE J'AI RENDEZ-VOUS !
AH BON, J'AI EU PEUR, PARCE QUE SI C'EST ÇA UN HOMME UN VRAI !
LES COULISSES, C'EST BIEN PAR LÀ ?
ATTENDEZ, VOUS AVEZ QUELQUE CHOSE LÀ !
?
?
?
ON POURRAIT RECONNAÎTRE À LA DERNIÈRE CHORÉGRAPHIE DE IAN TRANSEN QUELQUES QUALITÉS D'INNOVATION, SI CE BALLET N'ÉTAIT TRUFFÉ DE DÉTAILS D'UNE AFFLIGEANTE VULGARITÉ !
PRESSE
C'EST DU GÂTEAU, ATTENDEZ MOI DANS MA LOGE, JE VAIS VOUS ARRANGER ÇA !
JE SERAIS PRÊT À SALUER L'OPPORTUNITÉ DE DIALOGUES DANS UN SPECTACLE DE DANSE SI SEULEMENT ON LES ENTENDAIT ! ... ET TOC !
EXCUSEZ MOI DE VOUS DÉRANGER, ON Y VA OU QUOI, SÉRIEUX ?... PARCE QUE MOI ...
ON NE COMPREND PAS NON PLUS QU'UN CHEF DE CLASSE INTERNATIONALE TEL QUE BIG-BANDSTEIN ACCEPTE EN PLUS DE LA DIRECTION DE L'ORCHESTRE, UN RÔLE COMIQUE. RÔLE QU'IL NE TIENT PAS D'AILLEURS SANS UN TALENT CERTAIN ... CERTAIN TALENT ...?
J'EN AI MAAAAAAAAAARE !

MERCI D'AVOIR AMÉLIORÉ MON SPECTACLE...
...J'EN AVAIS BESOIN!
ON FAIT UNE DERNIÈRE TENTATIVE, ENTENDU?
DIS DONC, T'AS LES MAINS MOITES!
MAIS NON, C'EST LE GÂTEAU!
SPLITCH
HIN HIN
QU'EST-CE QU'IL Y A MON VIEUX, VOUS ÊTES NERVEUX!
C'ÉTAIT LA DERNIÈRE TENTATIVE, NOUS ÉTIONS D'ACCORD!
ARRÊTEZ, JE SUIS AMOUREUX! ÇA FAIT DÉJÀ ASSEZ MAL COMME ÇA!
QU'EST-CE QUE VOUS AVEZ DIT?
JE SUIS AMOUREUX!
VOUS EN ÊTES ENCORE LÀ VOUS? VOUS AIMEZ! VOUS VOULEZ ÊTRE AIMÉ EN PLUS, JE PARIE!
ET VOUS ALORS, SI VOUS FAITES DES SPECTACLES C'EST POUR ÊTRE AIMÉ NON?

JE VAIS PRENDRE MA RETRAITE, FAIRE AUTRE CHOSE.
MA CHEVILLE !
EH OUI... C'EST COMME ÇA !
MMMH !
LÀ, APPUYEZ VOUS SUR MOI, JE VOUS RACCOMPAGNE À VOTRE LOGE !
IL SUFFIT D'EN ÊTRE CONSCIENT !
EXCUSEZ MOI DE VOUS DÉRANGER IAN, MAIS LA SCÈNE EST VIDE !
JE VAIS LEUR PARLER !
J'AI BESOIN D'AMOUR !

?
J'AI TERRIBLEMENT BESOIN D'AMOUR !
QU'EST.CE QUE VOUS FAITES LÀ VOUS ?
... JE VOUS AI TOUS TROMPÉS !
...MES CRÉATIONS NE SONT PAS DES DONS AU PUBLIC, À L'ART OU AU PATRIMOINE !
... PUIS SUIT UNE SORTE D'AUTO.CRITIQUE (À QUOI SERVONS NOUS ?) TRÈS CHARGÉE ÉMOTIONELLEMENT, QUOIQU'IMPUDIQUE !
ELLES SONT AUTANT DE BOUTEILLES À LA MER ! ... VOUS N'AVEZ PAS COMPRIS !
10A
EUH... J'AI RENDEZ.VOUS DANS CETTE LOGE !
QU'EST.CE QUE VOUS CACHEZ DERRIÈRE VOTRE DOS ?
C'EST UN APPEL AU SECOURS ! JE VEUX QU'ON M'AIME !
...MAIS POUR MOI ! ...AH, ÊTRE AIMÉ POUR CE QUE JE SUIS, PAS POUR CE QUE JE FAIS OU POUR CE QUE JE VOUDRAIS ÊTRE !
AIMEZ MOI ! AIMEZ MOI ! AIMEZ MOI ! AIMEZ MOAAAAAAAAA...
10B

J'AI RIEN DERRIÈRE LE DOS, MAIS QUI ÊTES VOUS ?
JE SUIS LE FANTÔME DE L'OPÉRA, ET VOUS AVEZ QUELQUE CHOSE DERRIÈRE LE DOS !
AIMEZ MOI ! AIMEZ MOI ! AIMEZ MOI MAL, AIMEZ MOI BIEN, MAIS AIMEZ MOI !
VOUS DANSEZ ?
NADIA IL Y A UN HOMME DANS TA LOGE !
MERCI OLGA, JE SAIS !
VOUS N'AVEZ JAMAIS ENTENDU PARLER DU FANTÔME DE L'OPÉRA ?
SI, MAIS JE NE L'AI PAS LU, SI VOUS CROYEZ QUE J'AI LE TEMPS !
VOILÀ, MAINTENANT VOUS POUVEZ RENTRER CHEZ VOUS, ALLEZ VOUS AIMER, MOI, JE RETOURNE À MA SOLITUDE !
IAN TRANSEN SEMBLE AVOIR RÉINVENTÉ LE ROCK N'ROLL APRÈS UN SPECTACLE PLUTÔT DÉCOUSU DONT LE FINAL NE MANQUE CEPENDANT PAS DE PANACHE !
ON VOUS AIME !
ON VOUS VEUT !
UNE AUTRE !
À POIL !
NE PARTEZ PAS !
C'ÉTAIT BON !
ON VOUS AIME !
ENCORE UNE FOIS !
ON VOUS DÉSIRE !
MADAME, VOUS ÊTES ASSISE SUR MON MANTEAU !
ON VOUS SENT BIEN !

COMMENT M'AVEZ VOUS TROUVÉ?
JE SUIS DÉSOLÉE, JE VOUS RETARDE!
NE VOUS EN FAITES PAS MON PETIT, J'AI TOUT MON TEMPS À PRÉSENT!
ALLO, LA POLICE? VENEZ VITE À L'OPERA, ILS SONT DEVENUS COMME FOUS!
CE N'EST PAS LA CULOTTE QUE VOUS DISSIMULEZ QUI M'INTERESSE, C'EST LA PHOTO!... PAUVRE MALADE!
EH LES GARS, IL Y A UNE ÉMEUTE À L'OPERA, VOUS SAVEZ OÙ C'EST?
LE PALAIS GARNIER TU VEUX DIRE? OUI, PARFAITEMENT!
IL PARAIT QUE LES FLICS RAPPLIQUENT!
OH? DEJÀ!
TIENS, C'EST CURIEUX!
UN HOMME DEVAIT M'ATTENDRE ICI!
IL N'Y A PERSONNE!
IAN, ÉCOUTEZ LES, VOUS LES AVEZ CONQUIS!

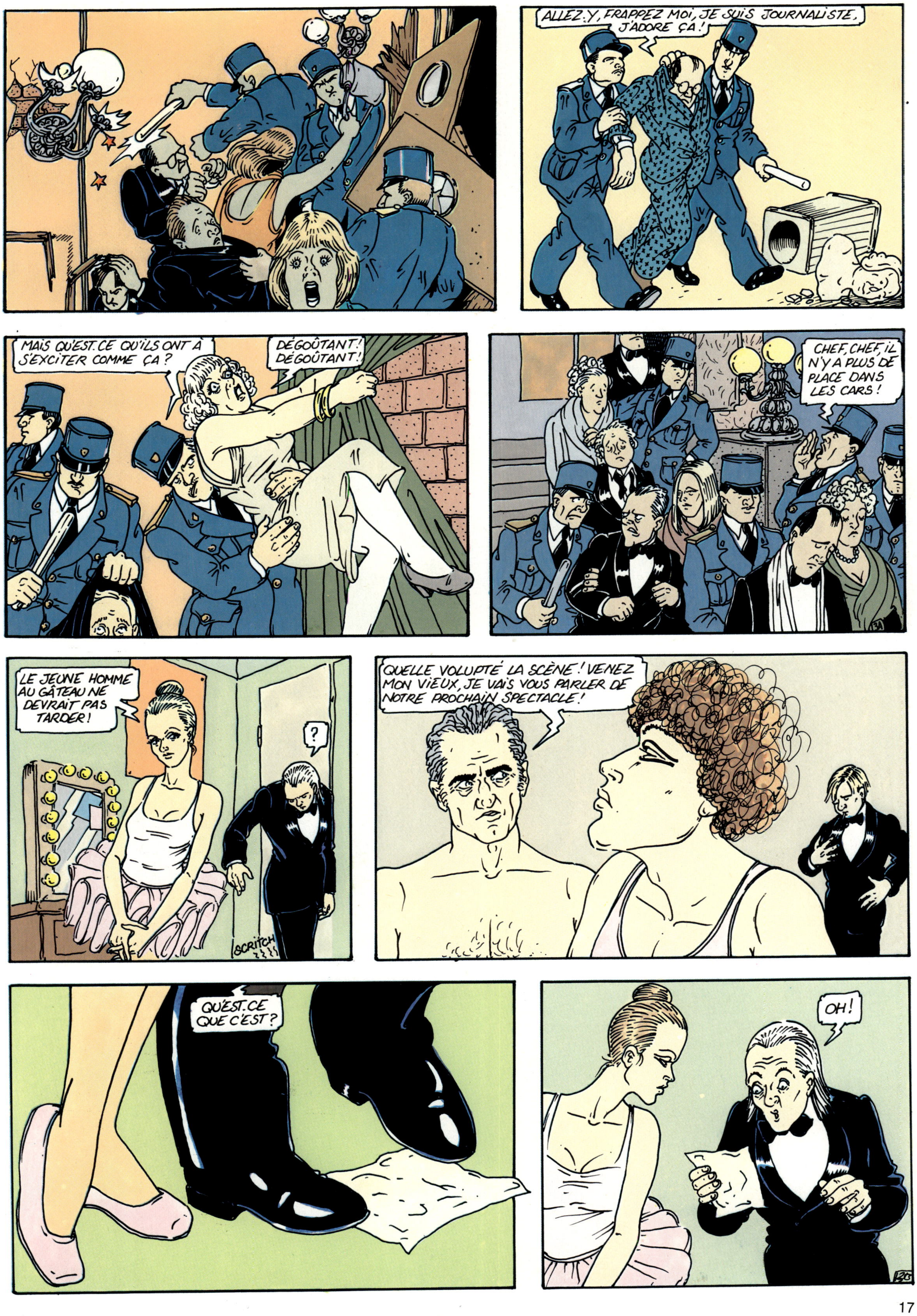
ALLEZ-Y, FRAPPEZ MOI, JE SUIS JOURNALISTE, J'ADORE ÇA !
MAIS QU'EST-CE QU'ILS ONT À S'EXCITER COMME ÇA ?
DÉGOÛTANT ! DÉGOÛTANT !
CHEF, CHEF, IL N'Y A PLUS DE PLACE DANS LES CARS !
LE JEUNE HOMME AU GÂTEAU NE DEVRAIT PAS TARDER !
?
SCRITCH
QUELLE VOLUPTÉ LA SCÈNE ! VENEZ MON VIEUX, JE VAIS VOUS PARLER DE NOTRE PROCHAIN SPECTACLE !
QU'EST-CE QUE C'EST ?
OH !

PARDON, AVEZ VOUS DU FEU S'IL VOUS PLAIT?
JE NE FUME PAS, MAIS VOUS POUVEZ TOUJOURS DEMANDER AU POMPIER DE SERVICE!
AVEZ VOUS DU FEU S'IL VOUS PLAIT
CELA M'EST INTERDIT MONSIEUR!
AUTREMENT, SI VOUS CHERCHEZ LA LOGE, C'EST ICI!
MMH?
ALLONS, TASSEZ LES, ÇA VA RENTRER, ALLEZ VOIR AUSSI DANS LES COULISSES, IL Y A SÛREMENT ENCORE DES ÎLOTS DE RÉSISTANCE!
SUIVEZ NOUS!
JE N'AI PAS LE TEMPS!

AH! VOUS, VOUS AVEZ PEUT ÊTRE DU FEU!
VOUS ÊTES FOU! C'EST DU FEU QUE JE VOUS DEMANDE!
AH NON! IL N'Y A PLUS DE PLACE, ON VIENT DE FAIRE RENTRER LE DERNIER!
EH BIEN, TU ES TOUTE SEULE?
LES HOMMES ME DÉÇOIVENT OLGA!
SANS BLAGUES?
METRO

OPERA
OH, IL N'EN PASSE PLUS À CETTE HEURE!
ÇA NE DOIT PAS ÊTRE UN VRAI!
ÇA Y RESSEMBLE POURTANT!
ÇA M'A PAS L'AIR TRÈS CATHOLIQUE VOTRE HISTOIRE!
CLAC
MAIS, J'Y PENSE, J'AVAIS RENDEZ-VOUS AVEC LA DANSEUSE MOI
CE METRO NE S'ARRÊTE PAS, COMMENT JE DESCENDS MOI?
ET ÇA ACCÉLÈRE EN PLUS!

BONK!
17A
2
2
ENTREE
INTERDITE
VOUS N'ÊTES PAS UN PEU F... !?!
EE
TE
HA!HA!HA!
?
18B

HA HA HA
HA HA HA!
QU'EN DITES VOUS MONSIEUR LERMITE ? HÉ HÉ !
QUE ÇA NE LUI SERAIT PAS ARRIVÉ S'IL AVAIT PRIS LE TAXI !
LE TAXI?
HÉ HÉ !
VOUS, ON VOUS A PAS SIFFLÉ !
J'AIMERAIS BIEN RENTRER CHEZ MOI !
DITES DONC, ON EST EN RÉPUBLIQUE !
EN RÉPUBLIQUE ! ON SE DEMANDE D'OÙ VOUS SORTEZ MON VIEUX !
JE NE SUIS PAS VOTRE VIEUX !
CLAC
LERMITE ! À QUOI AVEZ VOUS TOUCHÉ ?
EN PLUS, C'EST VOUS LE VIEUX !
QUOI ?
LERMITE ! VOUS AVEZ DÛ TOUCHER UN BOUTON ! JE NE CONTRÔLE PLUS VOTRE MÉTRO !
ÇA VOUS RESSEMBLE DE JOUER AVEC DES GADGETS FOIREUX !
JACQUES, RAMÈNE LE DANS SA CELLULE, IL COMMENCE À M'AGACER CE PROLO !
ARTISAN ! JE SUIS ARTISAN !
LERMITE ! ÉCOUTEZ MOI, VOUS AVEZ DÉBRANCHÉ LE SYSTÈME DE TÉLÉGUIDAGE, IL FAUT QUE VOUS TIRIEZ VERS LE BAS LA MANETTE DEVANT VOUS !
C'EST VRAI QUOI, À LA FIN !
ÇA VA, ÇA VA ! AVANCE !
LERMITE ! LERMITE ! CE METRO ROULE TROP VITE ! AU BOUT, IL Y A UN MUR, FAITES QUELQUE CHOSE !
VOYONS, JE TROUVE UNE PHOTO DANS UN TAXI, JE VAIS À L'OPÉRA JE VOIS LA DANSEUSE ET JE ME RETROUVE DANS UN MÉTRO FOU... À QUELLE HEURE AI-JE MIS MON RÉVEIL ?

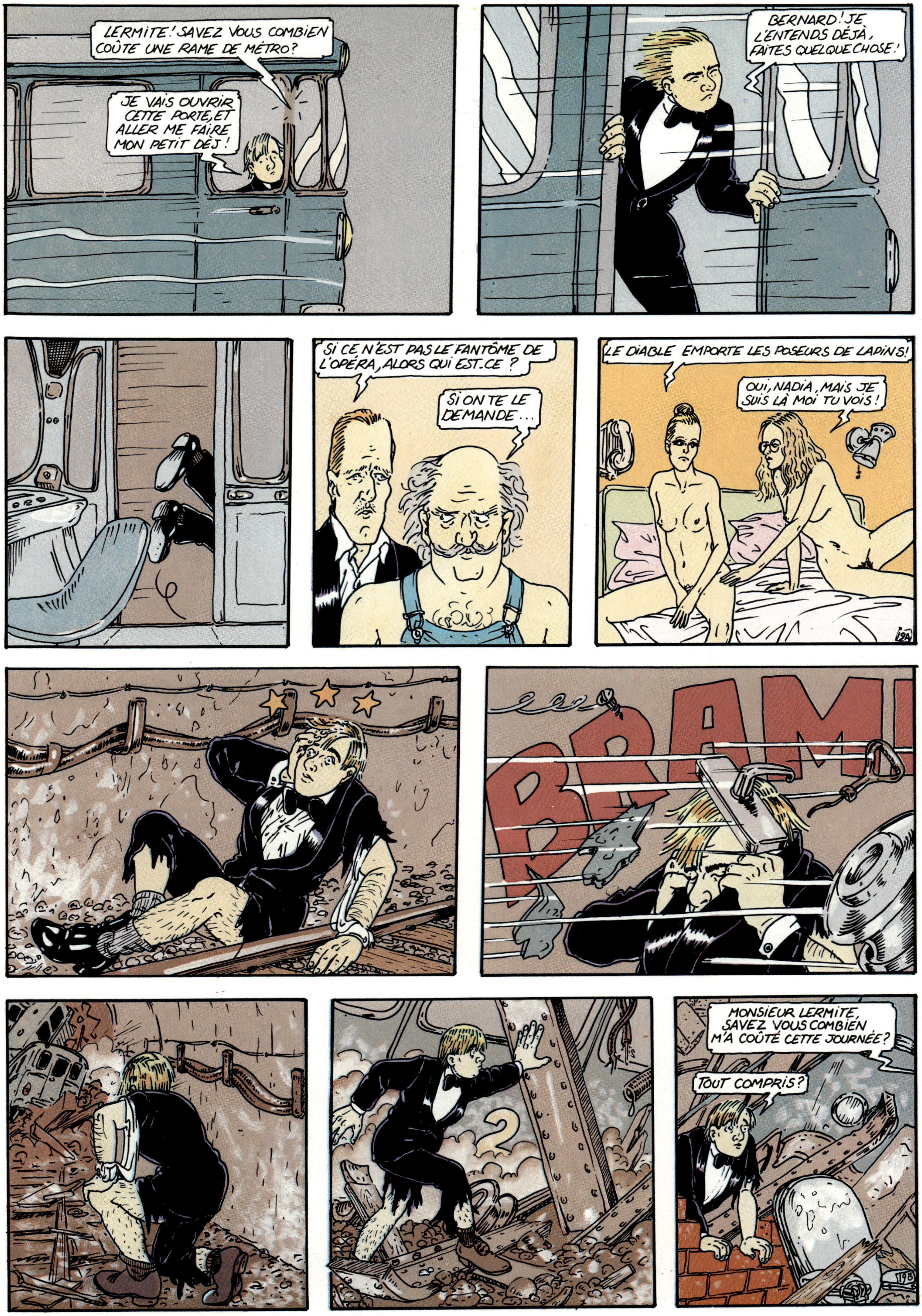
LERMITE! SAVEZ VOUS COMBIEN COÛTE UNE RAME DE MÉTRO?
JE VAIS OUVRIR CETTE PORTE, ET ALLER ME FAIRE MON PETIT DÉJ!
BERNARD! JE L'ENTENDS DÉJÀ, FAITES QUELQUE CHOSE!
SI CE N'EST PAS LE FANTÔME DE L'OPÉRA, ALORS QUI EST-CE?
SI ON TE LE DEMANDE...
LE DIABLE EMPORTE LES POSEURS DE LAPINS!
OUI, NADIA, MAIS JE SUIS LÀ MOI TU VOIS!
BRAM!
MONSIEUR LERMITE, SAVEZ VOUS COMBIEN M'A COÛTÉ CETTE JOURNÉE?
TOUT COMPRIS?

BIENVENUE QUAND MÊME MONSIEUR LERMITE ! VOUS ÊTES ICI GRÂCE À MES SUPER-POUVOIRS !
VOUS VENEZ DE DIRE QUE ÇA VOUS COÛTAIT ASSEZ CHER !
NE SOYEZ PAS MESQUIN LERMITE, VOUS NE SAVEZ PAS À QUI VOUS PARLEZ !
C'EST QUE... J'AI TRÈS SOMMEIL, JE VOUDRAIS BIEN ALLER ME COUCHER...
VOUS RENTREREZ CHEZ VOUS QUAND VOUS M'AUREZ DONNÉ LA PHOTO !
QUELLE PHOTO ?
AH OUI !... MAIS JE NE L'AI PLUS, LE CHAUFFEUR DE TAXI ME L'A PRISE !
IL M'A DIT QUE VOUS L'AVIEZ RÉCUPÉRÉE !
VOUS NE L'AVEZ PAS PRISE ? ELLE ÉTAIT DANS LA LOGE !
JE N'Y SUIS PAS ALLÉ DANS LA LOGE !
DANS QUEL COIN AVEZ VOUS CACHÉ CETTE PHOTO ?
MAIS JE NE L'AI PAS CACHÉE, JE L'AI LAISSÉE TOMBER QUAND VOUS M'AVEZ HYPNOTISÉ, LA CULOTTE AUSSI !
MERDE, J'ÉTAIS TROP CONCENTRÉ POUR M'EN RENDRE COMPTE !
JE RETOURNE À L'OPÉRA, ELLE Y EST PEUT-ÊTRE ENCORE !
IL SAIT HYPNOTISER CE GARS LÀ ?
Y A INTÉRÊT, C'EST LE DIABLE !

ALORS C'EST L'ENFER ICI ?
MAIS NON, ÇA DOIT ÊTRE PLUS LOIN, ICI CE N'EST QU'UNE ANNEXE !
VOUS AVEZ BU ?
NON MONSIEUR ! C'EST LUI QUI ME L'A DIT !
EST-CE QU'IL VOUS A DIT COMMENT ON SORTAIT D'ICI ?
VOUS REPRENEZ LE MÉTRO DANS L'AUTRE SENS !
IL EST EN PANNE, NOTRE AMI A DÛ ALLER À L'OPÉRA À PIED !
VOUS INQUIÉTEZ PAS POUR LUI, L'ANIMAL A DES SUPER-POUVOIRS !
BON... JE RENTRE CHEZ MOI, J'AURAIS BIEN DORMI ICI, MAIS JE N'AI PAS MA BROSSE À DENTS !
OÙ ALLEZ VOUS MONSIEUR ?
LE PATRON M'A DIT QUE VOUS ATTENDRIEZ LA PHOTO AVEC VOTRE COPAIN, VOUS PARTEZ ?
... EUH OUI !
ENTRE NOUS, QU'EST-CE QU'EST REPRÉSENTÉ SUR CETTE PHOTO ? IL N'A JAMAIS VOULU ME LA MONTRER !
UNE DANSEUSE...
... ASSEZ BELLE !
C'ÉTAIT DONC ÇA !, LE DIABLE AMOUREUX ! ON AURA TOUT VU !
C'EST LE DIABLE VOTRE PATRON ?
MONSIEUR LUCIFER ? BIEN SÛR QUE C'EST LE DIABLE, POURQUOI ?
218

C'EST MARRANT, VOUS AVEZ ENTENDU? ELLE NE L'INTÉRESSE PLUS LA PHOTO! C'EST PAS COMME VOUS HEIN ?
LE FEU DE LA PASSION ÉTANT PLUS VIF CHEZ LA JEUNESSE, SON OBJET SE CONSUME PLUS VITE!
AH LA VACHE! QU'EST-CE QU'IL CAUSE BIEN! VOUS TROUVEZ PAS ? ALLEZ DONC, IL EST PARTI!
2
EH! VOUS ME LA MONTREREZ LA PHOTO, DITES!
SI VOUS M'AIDEZ À LA RÉCUPERER, BIEN SÛR!
ÇA VA? PAS TROP FATIGUÉ? LE TRAVAIL VOUS PLAIT?

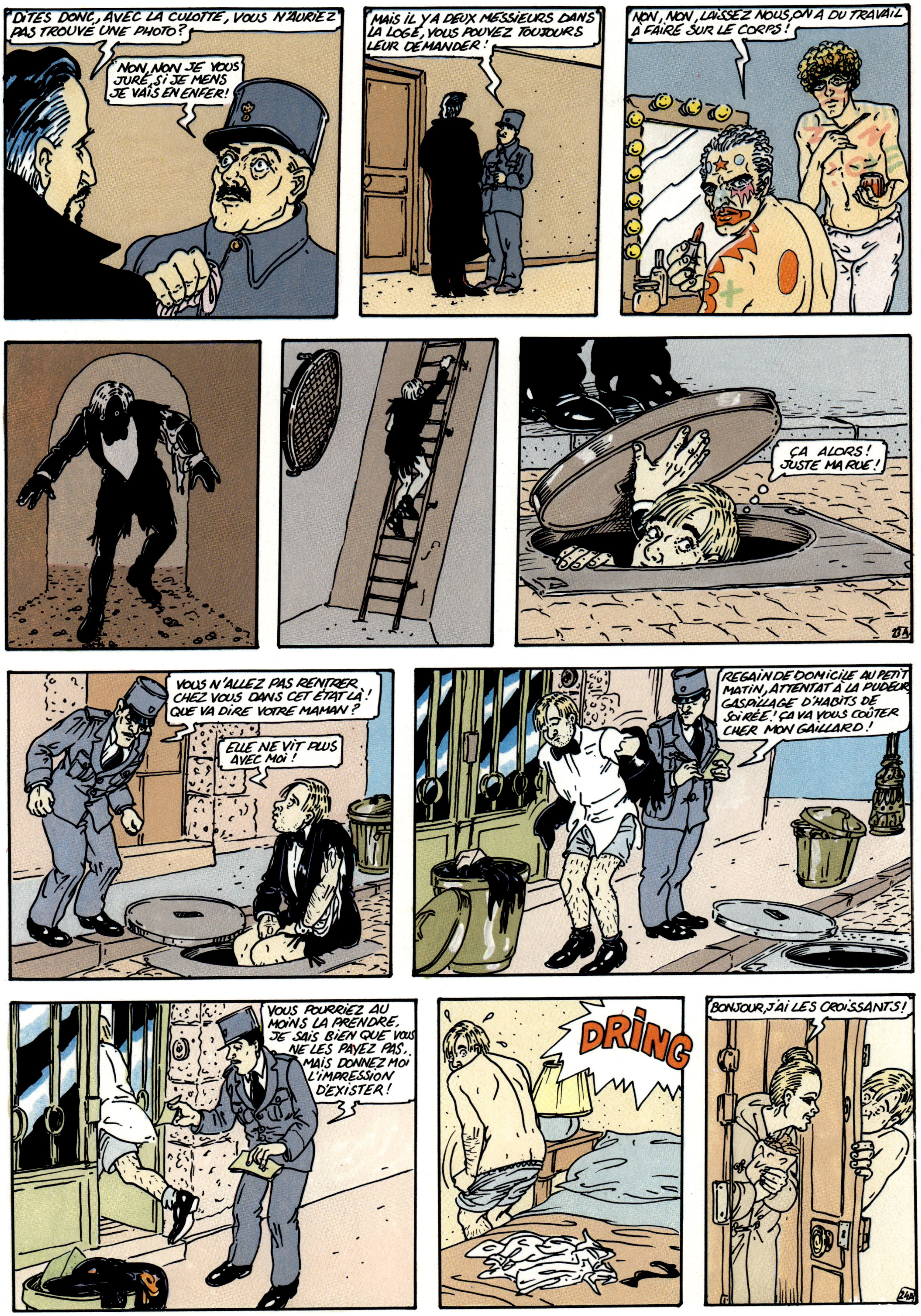
DITES DONC, AVEC LA CULOTTE, VOUS N'AURIEZ PAS TROUVÉ UNE PHOTO?
NON, NON JE VOUS JURE, SI JE MENS JE VAIS EN ENFER!
MAIS IL Y A DEUX MESSIEURS DANS LA LOGE, VOUS POUVEZ TOUJOURS LEUR DEMANDER!
NON, NON, LAISSEZ NOUS, ON A DU TRAVAIL À FAIRE SUR LE CORPS!
ÇA ALORS! JUSTE MA RUE!
VOUS N'ALLEZ PAS RENTRER CHEZ VOUS DANS CET ÉTAT LÀ! QUE VA DIRE VOTRE MAMAN?
ELLE NE VIT PLUS AVEC MOI!
REGAIN DE DOMICILE AU PETIT MATIN, ATTENTAT À LA PUDEUR, GASPILLAGE D'HABITS DE SOIRÉE! ÇA VA VOUS COÛTER CHER MON GAILLARD!
VOUS POURRIEZ AU MOINS LA PRENDRE. JE SAIS BIEN QUE VOUS NE LES PAYEZ PAS. MAIS DONNEZ MOI L'IMPRESSION D'EXISTER!
DRING
BONJOUR, J'AI LES CROISSANTS!

MAIS COMMENT AVEZ VOUS EU MON ADRESSE ?
J'AI VU EN BAS UN FLIC QUI ESSAYAIT UNE VESTE DE SMOKING TACHÉE DE GÂTEAU... HOULÀ C'EST CHAUD !
JE L'AI GOÛTÉE ET J'AI SU QUE C'ÉTAIT VOUS... ON VA LE PRENDRE AU LIT ?
IL EST FROID CE LIT, OU VOUS NE VOUS ÊTES PAS ENCORE COUCHÉ, OU VOUS ÊTES LÉZARD !
C'EST BON HEIN ?
OUICHE !
QU'EST.CE QUI SE PASSE ? VOUS AVEZ L'AIR INQUIET !
IL Y A DES MIETTES DANS LE LIT !
POURQUOI VOUS FAITES CETTE TÊTE, ON VA DANS UN LIT OÙ IL N'Y A PAS DE MIETTES !
AU BON ACCUEIL
VOUS N'ÊTES PAS CONTENT DE M'AVOIR RETROUVÉE ?
SI !
UN MESSAGE DE MADEMOISELLE OLGA POUR MADEMOISELLE NADIA
ATTENDEZ MOI BON SANG ! J'AI MAL À LA CHEVILLE !
L'OPINION
OH LA LA, CE QU'ELLE PEUT ÊTRE RANCUNIÈRE !... VOUS ÊTES RANCUNIER VOUS ?
ELLE EST FURIEUSE PARCE QUE J'ALLAIS DÉLIVRER BIGBANDSTEIN... MAIS, J'Y PENSE !...
Z

LE PAUVRE, IL DOIT M'ATTENDRE, J'ALLAIS LE CHERCHER QUAND JE SUIS TOMBÉE SUR VOUS !
IL EST TOUJOURS LÀ-BAS, ILS LE GARDENT À CAUSE DE SON NOM, VOUS M'ATTENDEZ ?
JE SUIS LÀ DANS CINQ MINUTES !
CLAC !
26A
AH BEN ! ON EST QUAND MÊME VENU VOUS CHERCHER !
TOUT DE MÊME !
IL ÉTAIT TEMPS ! CES SALAUDS ONT EU LE TEMPS DE ME PIQUER TOUT CE QUE J'AVAIS !
SI VOUS AVIEZ APPRIS À JOUER À AUTRE CHOSE QU'AU BRIDGE !
ET VOICI LE DERNIER NOEUD PAPILLON ! C'EST BIEN LE VÔTRE ?
J'AI TROUVÉ L'AMOUR SUR MON CHEMIN, C'EST POUR ÇA QUE JE SUIS EN RETARD !
JE CROYAIS QUE ÇA DONNAIT DES AILES !
MOI AUSSI J'AI TROUVÉ L'AMOUR, PAS EN CHAIR ET EN OS, C'EST UNE PHOTO, MAIS PARADOXALEMENT JE ME DEMANDE SI ÇA NE VAUT PAS MIEUX...
JE N'AI PAS RETROUVÉ LA PHOTO MAIS CECI VOUS INTÉRESSE NON ?
26B

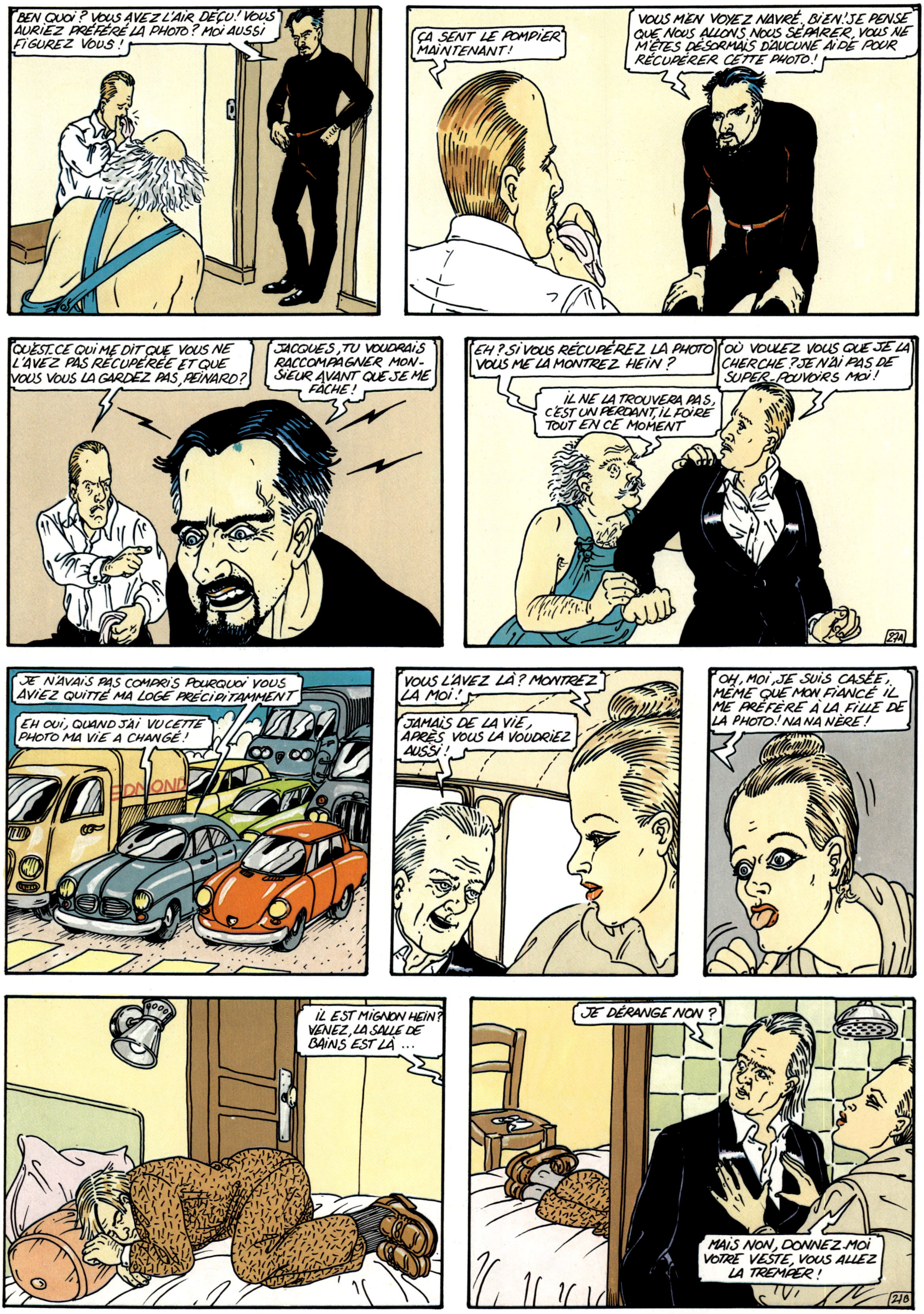
BEN QUOI ? VOUS AVEZ L'AIR DÉÇU ! VOUS AURIEZ PRÉFÉRÉ LA PHOTO ? MOI AUSSI FIGUREZ VOUS !
ÇA SENT LE POMPIER MAINTENANT !
VOUS M'EN VOYEZ NAVRÉ. BIEN ! JE PENSE QUE NOUS ALLONS NOUS SÉPARER. VOUS NE M'ÊTES DÉSORMAIS D'AUCUNE AIDE POUR RÉCUPÉRER CETTE PHOTO !
QU'EST-CE QUI ME DIT QUE VOUS NE L'AVEZ PAS RÉCUPÉRÉE ET QUE VOUS VOUS LA GARDEZ PAS, PEINARD ?
JACQUES, TU VOUDRAIS RACCOMPAGNER MONSIEUR AVANT QUE JE ME FÂCHE !
EH ? SI VOUS RÉCUPÉREZ LA PHOTO VOUS ME LA MONTREZ HEIN ?
OÙ VOULEZ VOUS QUE JE LA CHERCHE ? JE N'AI PAS DE SUPER-POUVOIRS MOI !
IL NE LA TROUVERA PAS, C'EST UN PERDANT, IL FOIRE TOUT EN CE MOMENT
27A
JE N'AVAIS PAS COMPRIS POURQUOI VOUS AVIEZ QUITTÉ MA LOGE PRÉCIPITAMMENT
EH OUI, QUAND J'AI VU CETTE PHOTO MA VIE A CHANGÉ !
EDMOND
VOUS L'AVEZ LÀ ? MONTREZ LA MOI !
JAMAIS DE LA VIE, APRÈS VOUS LA VOUDRIEZ AUSSI !
OH, MOI, JE SUIS CASÉE, MÊME QUE MON FIANCÉ IL ME PRÉFÈRE À LA FILLE DE LA PHOTO ! NA NA NÈRE !
IL EST MIGNON HEIN ? VENEZ, LA SALLE DE BAINS EST LÀ ...
JE DÉRANGE NON ?
MAIS NON, DONNEZ-MOI VOTRE VESTE, VOUS ALLEZ LA TREMPER !
21B

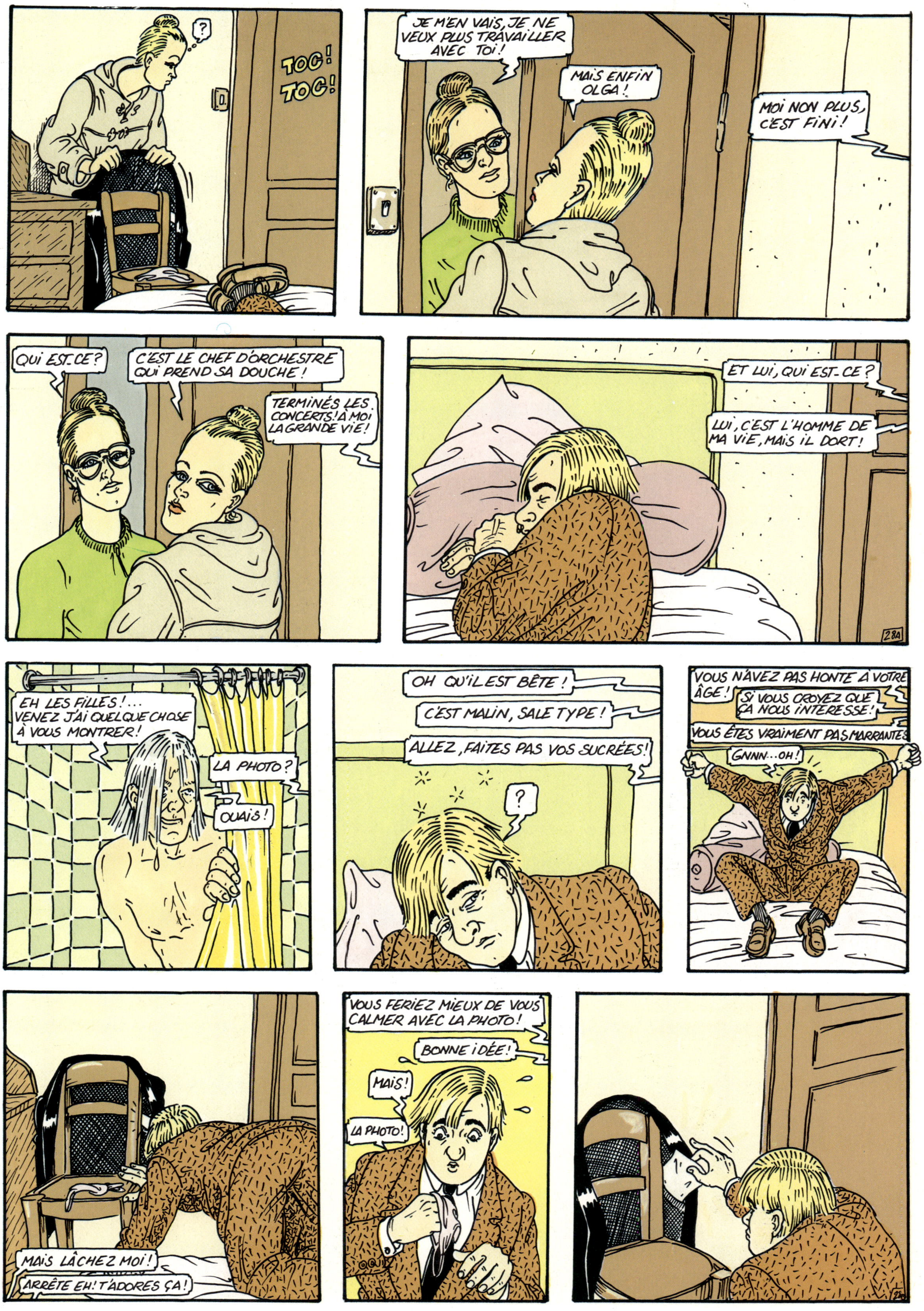
?
TOC! TOC!
JE M'EN VAIS, JE NE VEUX PLUS TRAVAILLER AVEC TOI!
MAIS ENFIN OLGA!
MOI NON PLUS, C'EST FINI!
QUI EST-CE?
C'EST LE CHEF D'ORCHESTRE QUI PREND SA DOUCHE!
TERMINÉS LES CONCERTS! À MOI LA GRANDE VIE!
ET LUI, QUI EST-CE?
LUI, C'EST L'HOMME DE MA VIE, MAIS IL DORT!
EH LES FILLES!... VENEZ J'AI QUELQUE CHOSE À VOUS MONTRER!
LA PHOTO?
OUAIS!
OH QU'IL EST BÊTE!
C'EST MALIN, SALE TYPE!
ALLEZ, FAITES PAS VOS SUCRÉES!
?
VOUS N'AVEZ PAS HONTE À VOTRE ÂGE!
SI VOUS CROYEZ QUE ÇA NOUS INTERESSE!
VOUS ÊTES VRAIMENT PAS MARRANTES!
GNNN...OH!
MAIS LÂCHEZ MOI!
ARRÊTE EH! T'ADORES ÇA!
VOUS FERIEZ MIEUX DE VOUS CALMER AVEC LA PHOTO!
BONNE IDÉE!
MAIS!
LA PHOTO!

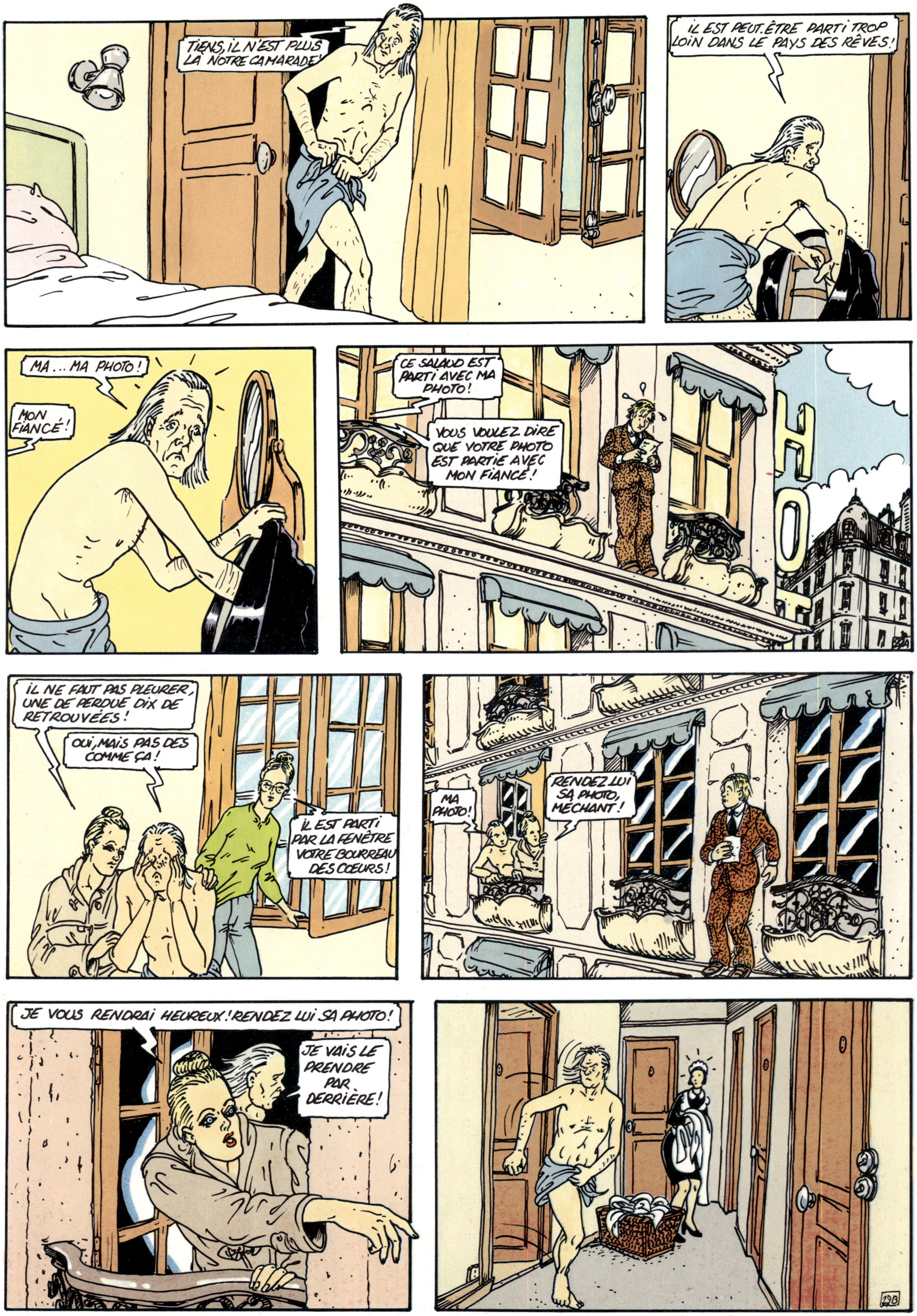
TIENS, IL N'EST PLUS LA NOTRE CAMARADE!
IL EST PEUT.ÊTRE PARTI TROP LOIN DANS LE PAYS DES RÊVES!
MA... MA PHOTO!
MON FIANCÉ!
CE SALAUD EST PARTI AVEC MA PHOTO!
VOUS VOULEZ DIRE QUE VOTRE PHOTO EST PARTIE AVEC MON FIANCÉ!
IL NE FAUT PAS PLEURER, UNE DE PERDUE DIX DE RETROUVÉES!
OUI, MAIS PAS DES COMME ÇA!
IL EST PARTI PAR LA FENÊTRE VOTRE BOURREAU DES COEURS!
MA PHOTO!
RENDEZ LUI SA PHOTO, MÉCHANT!
JE VOUS RENDRAI HEUREUX! RENDEZ LUI SA PHOTO!
JE VAIS LE PRENDRE PAR DERRIÈRE!

?
?
HORREUR!
PARDON!... J'AI... J'AI PAS FAIT EXPRÈS!
JOB

AU BON
CE GARÇON A DE LA CHANCE, IL ME LE FAUT !
BON, BEN MOI J'ABANDONNE !
COMMENT VOUS APPELEZ VOUS MON PETIT ?
?
AU BON ACCUEIL
L'ASCENSEUR ÉTAIT OCCUPÉ, UN TAXI, JE VOUS PRIE !
OUI MONSIEUR !
31A
C'EST TOUT CE QUE TU AS À ME DIRE NADIA ?
CROIS TU QUE CE SOIT LE MOMENT ?
PFFFT ! ELLE EST COLLANTE ! VOUS ÊTES COLLANT VOUS ?
JE SUIS GARÇON D'ASCENSEUR !
ALORS GROUILLEZ VOUS !
OUI !
MADAME !
MON AMOUR !
ATTENDEZ MOI MON AMOUR !
TAXI
CLAC
JE VOIS, QUE VOUS N'AVEZ PAS ÉTÉ LONG À VOUS REMETTRE AU TRAVAIL, VOUS ABANDONNEZ LA PHOTO ?
TOUT LE MONDE N'A PAS DES PARENTS QUI RAQUENT... MÊME SI JE RETROUVAIS LA PHOTO, C'EST PAS ÇA QUI ME FERAIT BOUFFER !
MOI, JE LUI TIENS COMPAGNIE !
LE DIABLE, VOUS A VIRÉ ?
31 B

TAXI ! SUIVEZ CE TAXI !
MAIS... C'EST UNE VOITURE D'AMBASSADE MADAME !
ALORS VOITURE D'AMBASSADE, FILEZ LE TRAIN À CE TAX, MA TIRE EST À DACHE !
QU'EST-CE QUI SE PASSE ?
JE SUIS LE COLONEL MASSMEDIAZ DE LA RÉPUBLIQUE DU SAN MIRADOR. EN TANT QUE MINISTRE DE L'INFORMATION, J'EXIGE DE SAVOIR CE QUI SE PASSE !
MON COLONEL, UN ENNEMI DE LA DÉMOCRATIE, S'EST EMPARÉ D'UN DOCUMENT HYPER-IMPORTANT !
MONTEZ !
... IL A LAISSÉ TOMBER TOUTES SES AFFAIRES, IL EST OBSÉDÉ PAR CETTE PHOTO !
IL N'A QUE ÇA À FOUTRE LUI !
!!?
VOUS POURRIEZ ALLER PLUS VITE, NOUS SOMMES SUIVIS !
QU'EST-CE QUE J'AI EN ÉCHANGE ?
PLUS VITE ! ILS NOUS RATTRAPENT !
IL FAUDRAIT HOMOLOGUER DES COMPTEURS SPÉCIAL POURSUITE !
TAXI
17.12
DE QUELLE NATURE EST CE DOCUMENT ?
COMPROMETTANTE DE NATURE COMPROMETTANTE
IL M'A CHOURAVÉ AUSSI UNE CULOTTE DANS MA CHAMBRE !
ET SI JE VOUS DONNE ÇA ? VOUS IREZ PLUS VITE ?
QU'EST-CE QUE C'EST
TAXI
LA VACHE ! ELLE MARCHE BIEN CELLE LÀ !
EH ! TU LA PASSES APRÈS !
PLUS VITE !

VOUS NE VOYEZ PAS QU'IL ACCÉLÈRE !
JE FAIS CE QUE JE PEUX MADAME !
VRAOUM
?
YAHOU !
QUAND NOUS AURONS MIS LA MAIN SUR CE RAT ROUGE, M'AUTORISEREZ VOUS À VOUS INVITER À DÎNER, JE VOUS TROUVE ASSEZ BELLE !
SI VOUS ME VOYIEZ DANSER VOUS SERIEZ DINGUE !
RAH ! LES CHIENS ! UN TAXI TOUT NEUF ! ILS AURAIENT PU FAIRE LE PLEIN !
NOUS LE TENONS !
POUT POUT POUT
VROUM
C'EST LUI QUI A VOLÉ VOTRE CULOTTE, C'EST PAS MOI !
JE N'AIME PAS LES RAPPORTEURS !
SORS DE LÀ, CRAPULE INTERNATIONALISTE !
DOUCEMENT ! IL EST TRÈS SENSIBLE !
?
VOYONS VOIR CETTE PHOTO !
?
PUTAIN DE MERDE ! QU'ELLE EST BELLE LA SALOPE !

QU'EST.CE QU'IL YA SUR CETTE PHOTO? TU VAS LE DIRE HEIN?
VOUS... VOUS... N'AVEZ QU'À LA RE...REGARDER
FAITES VOIR?
OH... AH... OH... ARGL ...
IL... IL EST MORT?
AAH! JE VOIS, UNE ARME SECRÈTE!
NE REGARDEZ PAS. C'EST DANGEREUX!
JE SUIS UN SOLDAT MADAME!
PAR LA VIERGE!
C'EST UNE COMMUNISTE! BEUÂRK!
Si ELLES SONT TOUTES COMME ÇA!
ATTENDEZ!
QU'EST CE QU'IL Y A?
QU'EST.CE QU'ILS ONT? QU'EST.CE QU'ILS REGARDAIENT?
BEN, LA PHOTO!
AH, LA PHOTO! ET LUI? IL DORT?
NON, IL EST MORT!
LA PHOTO? HEIN! LA PHOTO! QUOI? C'EST EUX QUI L'ONT?
MA PHOTO! C'EST À MOI! SALAUDS! RENDEZ LA MOI!
VOLEURS! ILS SONT LOIN, QUAND JE PENSE QUE C'ÉTAIT L'AUTRE PETIT SALAUD QUI L'AVAIT!
CE TAXI EN DÉFAUT DE STATIONNEMENT EST À VOUS? C'EST VOUS QUI AVEZ ASSASSINÉ CET HOMME? QU'EST.CE QUE VOUS AVEZ SUR LA TÊTE?

BONJOUR MONSIEUR LERMITE ! IL Y A LES MESSIEURS DU GAZ CHEZ VOUS, ILS SONT DEUX, L'AIR COMME IL FAUT !
AH ? BON ! MERCI MADAME ! BIENVENUE !
ON VOIT BIEN QUE CE N'EST PAS VOUS QUI RANGEZ !
ECOUTEZ LERMITE, SI VOUS ME RENDEZ LA PHOTO, JE VOUS PROPOSE UN CONTRAT !
QUEL TYPE DE CONTRAT ?
NON MAIS ! EN PLUS VOUS VOUDRIEZ INVERSER LES RÔLES ! QUI C'EST LE DIABLE ?
J'EN AI MARRE DE VOS HISTOIRES ! LAISSEZ MOI TRANQUILLE ! JE NE L'AI PAS LA PHOTO... LÀ !
HUM... EXCUSEZ MOI ! JE... JE VOULAIS VOUS DIRE QUE VOTRE... VOTRE DOMESTIQUE EST MORT... IL A REGARDÉ LA PHOTO !

PÔPA, PÔPA! MON PÔPA!
?
MON PÔPA! PARDON D'AVOIR ÉTÉ MÉCHANT PAPA!
BOU HOU!
BOUHOU! BOU HOUHOU!
OÙ IL EST LUCIFER? SON THÉ EST PRÊT!
?
IL EST PARTI, SON PÈRE EST MORT!
OH! CE VIEUX JACQUES! JE L'AIMAIS BIEN, LE PAUVRE DIABLE!
BON, ÉCOUTEZ, VOUS ALLEZ BOIRE SON THÉ SINON IL VA REFROIDIR, COMME SON PAPA HA! HA!
QU'EST-CE QUE VOUS VOUS ÊTES SERVI VOUS?
MOI? UN SCOTCH, JE NE SUIS PAS MALADE!
JE VAIS M'EN PRENDRE UN AUSSI
VOUS ÊTES CHEZ VOUS!
MAIS, ALORS, SI SON PÈRE EST MORT, C'EST PAS VRAI QUE C'ÉTAIT LE DIABLE, ALORS?
BIEN SÛR QUE SI! POURQUOI VOULEZ VOUS QUE LE DIABLE N'AIT PAS DE PAPA?
À VOTRE AVIS, POURQUOI LE DIABLE ACTUEL, RECHERCHE CETTE PHOTO SI CE N'EST POUR ÉPOUSER LA DANSEUSE, ET LUI FAIRE UN DIABLOTIN!
POUR ASSURER LA SUCCESSION? LE DIABLE N'EST PAS ÉTERNEL?
PERSONNE N'EST ÉTERNEL MON PETIT, C'EST BIEN POUR ÇA QUE JACQUES LUI AVAIT PASSÉ LA MAIN DE SON VIVANT.
MAIS... QUI ÊTES VOUS?
MOI? JE SUIS DIEU, POURQUOI?

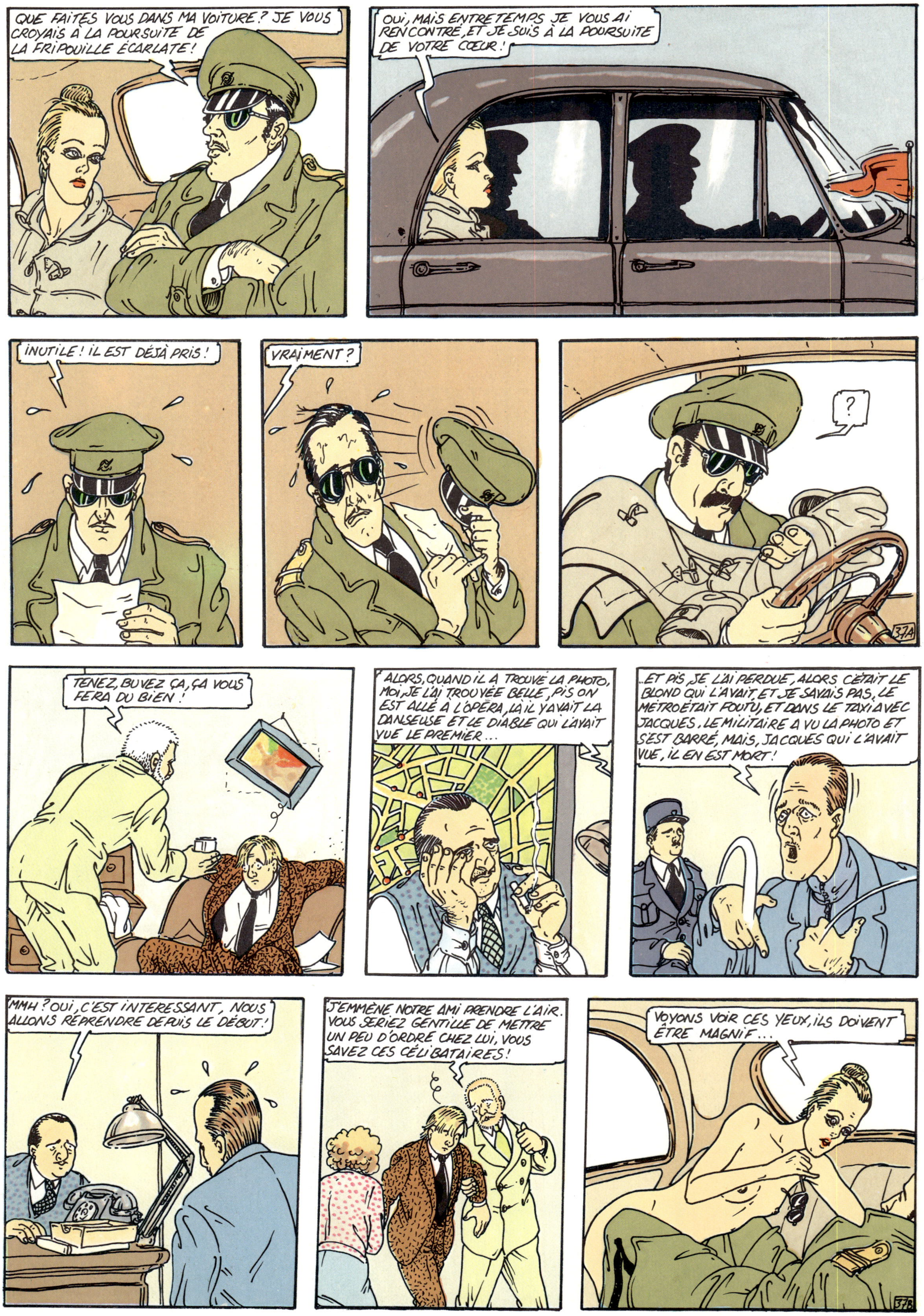
QUE FAITES VOUS DANS MA VOITURE ? JE VOUS CROYAIS À LA POURSUITE DE LA FRIPOUILLE ÉCARLATE !
OUI, MAIS ENTRETEMPS JE VOUS AI RENCONTRÉ, ET JE SUIS À LA POURSUITE DE VOTRE CŒUR !
INUTILE ! IL EST DÉJÀ PRIS !
VRAIMENT ?
?
37A
TENEZ, BUVEZ ÇA, ÇA VOUS FERA DU BIEN !
ALORS, QUAND IL A TROUVÉ LA PHOTO, MOI, JE L'AI TROUVÉE BELLE, PIS ON EST ALLÉ À L'OPÉRA, LÀ IL Y AVAIT LA DANSEUSE ET LE DIABLE QUI L'AVAIT VUE LE PREMIER...
...ET PIS JE L'AI PERDUE, ALORS C'ÉTAIT LE BLOND QUI L'AVAIT, ET JE SAVAIS PAS, LE MÉTRO ÉTAIT FOUTU, ET DANS LE TAXI AVEC JACQUES. LE MILITAIRE A VU LA PHOTO ET S'EST BARRÉ, MAIS, JACQUES QUI L'AVAIT VUE, IL EN EST MORT !
MMH ? OUI, C'EST INTÉRESSANT, NOUS ALLONS REPRENDRE DEPUIS LE DÉBUT !
J'EMMÈNE NOTRE AMI PRENDRE L'AIR. VOUS SERIEZ GENTILLE DE METTRE UN PEU D'ORDRE CHEZ LUI, VOUS SAVEZ CES CÉLIBATAIRES !
VOYONS VOIR CES YEUX, ILS DOIVENT ÊTRE MAGNIF...
37B

AH OUI, C'EST VRAI, JE NE LES AI JAMAIS VUS. ILS SONT COMMENT?
OH LA LA!
OH LA LA!
ATTENTION!
REGARDEZ LA ROUTE JOSÉ!
BONK!
CRAAAAC
SPLATCH

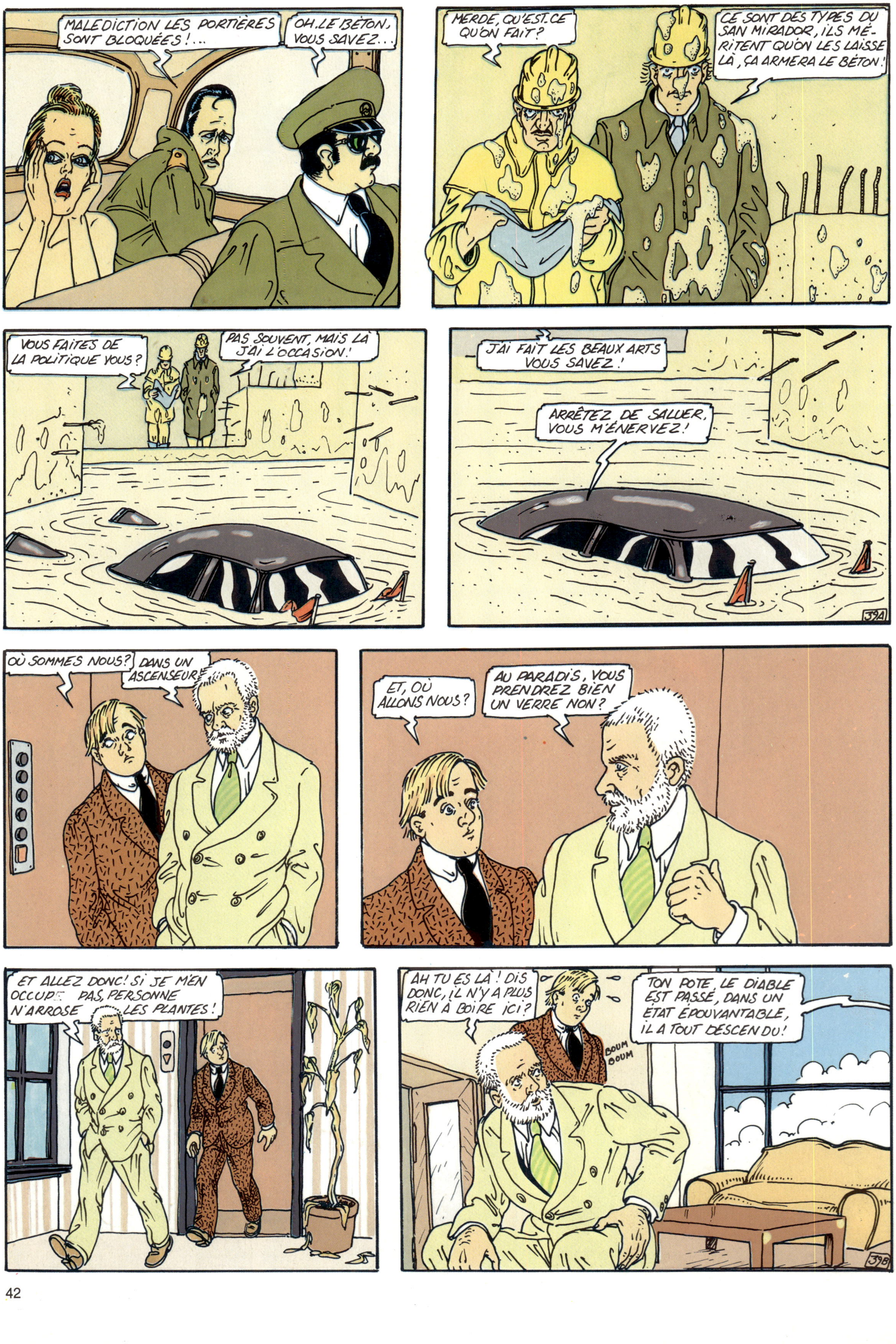
MALEDICTION LES PORTIÈRES SONT BLOQUÉES !...
OH. LE BÉTON, VOUS SAVEZ...
MERDE, QU'EST-CE QU'ON FAIT ?
CE SONT DES TYPES DU SAN MIRADOR, ILS MÉRITENT QU'ON LES LAISSE LÀ, ÇA ARMERA LE BÉTON !
VOUS FAITES DE LA POLITIQUE VOUS ?
PAS SOUVENT, MAIS LÀ J'AI L'OCCASION !
J'AI FAIT LES BEAUX ARTS VOUS SAVEZ !
ARRÊTEZ DE SALUER, VOUS M'ÉNERVEZ !
OÙ SOMMES NOUS ?
DANS UN ASCENSEUR
ET, OÙ ALLONS NOUS ?
AU PARADIS, VOUS PRENDREZ BIEN UN VERRE NON ?
ET ALLEZ DONC ! SI JE M'EN OCCUPE PAS, PERSONNE N'ARROSE LES PLANTES !
AH TU ES LÀ ! DIS DONC, IL N'Y A PLUS RIEN À BOIRE ICI ?
TON POTE LE DIABLE EST PASSÉ, DANS UN ÉTAT ÉPOUVANTABLE, IL A TOUT DESCENDU !
BOUM BOUM

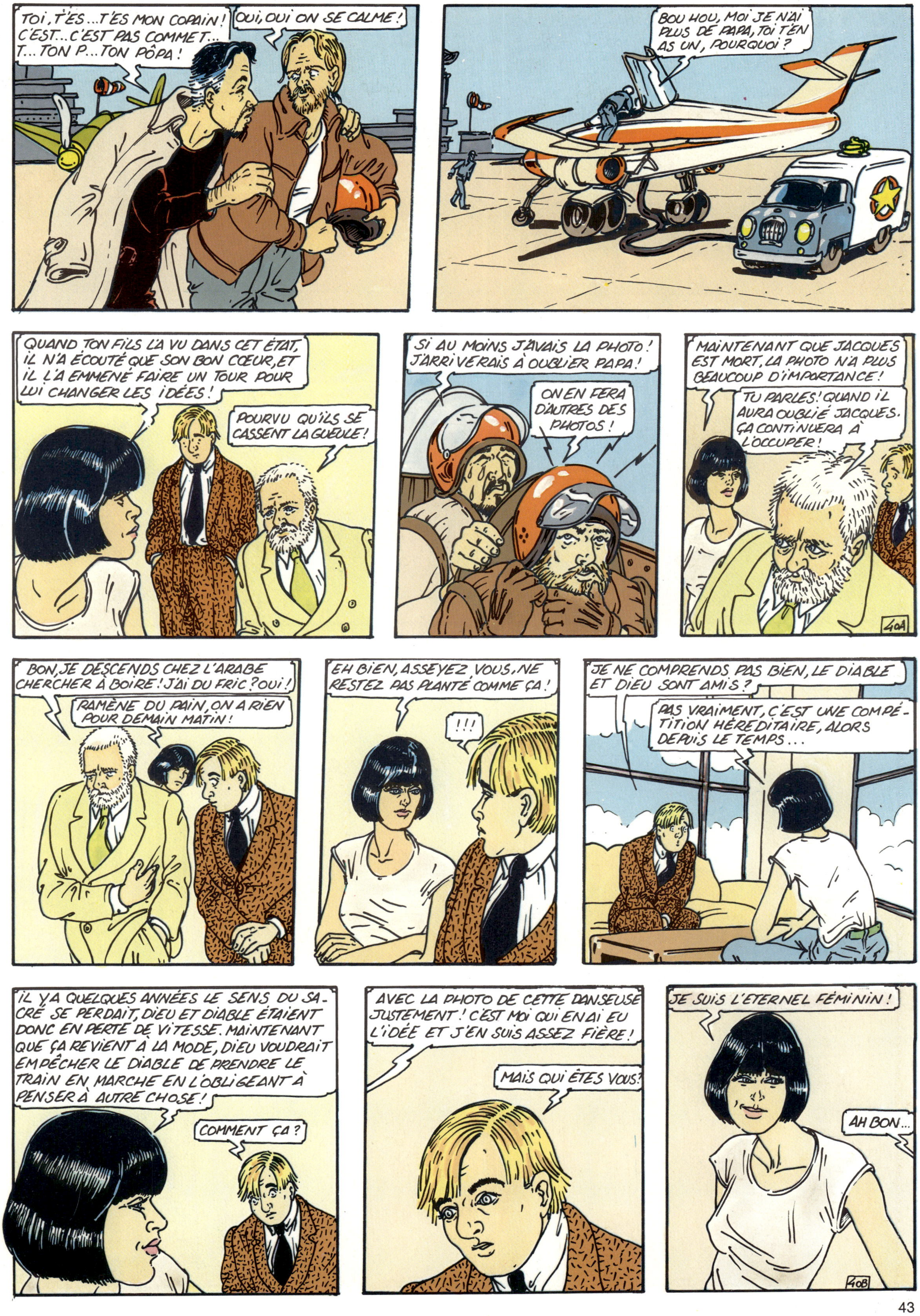

TOI, T'ES... T'ES MON COPAIN ! C'EST... C'EST PAS COMMET... T... TON P... TON PÔPA !
OUI, OUI ON SE CALME !
BOU HOU, MOI JE N'AI PLUS DE PAPA, TOI T'EN AS UN, POURQUOI ?
QUAND TON FILS L'A VU DANS CET ÉTAT, IL N'A ÉCOUTÉ QUE SON BON CŒUR, ET IL L'A EMMENÉ FAIRE UN TOUR POUR LUI CHANGER LES IDÉES !
POURVU QU'ILS SE CASSENT LA GUEULE !
SI AU MOINS J'AVAIS LA PHOTO ! J'ARRIVERAIS À OUBLIER PAPA !
ON EN FERA D'AUTRES DES PHOTOS !
MAINTENANT QUE JACQUES EST MORT, LA PHOTO N'A PLUS BEAUCOUP D'IMPORTANCE !
TU PARLES ! QUAND IL AURA OUBLIÉ JACQUES, ÇA CONTINUERA À L'OCCUPER !
40A
BON, JE DESCENDS CHEZ L'ARABE CHERCHER À BOIRE ! J'AI DU FRIC ? OUI !
RAMÈNE DU PAIN, ON A RIEN POUR DEMAIN MATIN !
EH BIEN, ASSEYEZ VOUS, NE RESTEZ PAS PLANTÉ COMME ÇA !
!!!
JE NE COMPRENDS PAS BIEN, LE DIABLE ET DIEU SONT AMIS ?
PAS VRAIMENT, C'EST UNE COMPÉTITION HÉRÉDITAIRE, ALORS DEPUIS LE TEMPS...
IL Y A QUELQUES ANNÉES LE SENS DU SACRÉ SE PERDAIT, DIEU ET DIABLE ÉTAIENT DONC EN PERTE DE VITESSE. MAINTENANT QUE ÇA REVIENT À LA MODE, DIEU VOUDRAIT EMPÊCHER LE DIABLE DE PRENDRE LE TRAIN EN MARCHE EN L'OBLIGEANT À PENSER À AUTRE CHOSE !
COMMENT ÇA ?
AVEC LA PHOTO DE CETTE DANSEUSE JUSTEMENT ! C'EST MOI QUI EN AI EU L'IDÉE ET J'EN SUIS ASSEZ FIÈRE !
MAIS QUI ÊTES VOUS ?
JE SUIS L'ÉTERNEL FÉMININ !
AH BON...
40B

TU ES UN FILS À PAPA TOI, HEIN ?
JE NE SUIS PAS LE SEUL !
MOI, MON PAPA, IL ÉTAIT PAS FORT COMME LE TIEN !
MAIS NON, LE MIEN IL FAIT SEMBLANT !
JE VEUX UN BÉBÉ POUR QU'IL AIT UN PAPA FORT ! ...
MAIS AUCUNE FEMME NE VEUT DE MOI, J'AI TROP MAUVAIS GENRE !
MAIS NON, MAIS NON !
J'EN AVAIS BIEN UNE EN PHOTO, MAIS JE L'AI PERDUE !
MIEUX VAUT EN AVOIR UNE EN VRAI, NON ?
OUI, MAIS JE NE SERAIS PAS SÛR QU'ELLE VEUILLE DE MOI !
ALLONS, TU AS UN CHARME DIABOLIQUE !
41A
EMMENEZ-LE, LE JUGE D'INSTRUCTION DÉBROUILLERA TOUT ÇA !
ATTENDEZ, LÂCHEZ MOI, JE VAIS VOUS EXPLIQUER !
DRING
DRING
QUELLE HISTOIRE DE FOUS !... QU'EST-CE QU'IL Y A ENCORE ?
MA PHOTO, MA PHOTO !
ON VA T'EN FAIRE DES PHOTOS VA !
ALLÔ, QUOI ? UN ATTENTAT ? CONTRE QUI ?... COMMENT ?... HOLÀ, IL FAUT VOIR ÇA AVEC LE MINISTRE ÇA ME DÉPASSE MOI !
INCROYABLE ! UN MILITAIRE DU SAN MIRADOR VIENT D'ÊTRE COULÉ DANS UNE CHAPPE DE BÉTON AVEC SA VOITURE !
BEN VOILÀ ! C'EST LUI QUI A LA PHOTO, C'EST LUI QUI L'A PRISE !
JÉ MÉ MOQUÉ DES COMPLICATIONS QUÉ FÉRA LÉ PROMOTEUR, LÉ CORPS DOU COLONEL MASSMÉDIAZ DOIT ÊTRE RAPATRIÉ MÊME S'IL YA OUNE IMMEUBLE AUTOUR !
NATURELLEMENT, NOUS FERONS LE NÉCESSAIRE, MAIS VOUS CONVIENDREZ EXCELLENCE DE LA QUALITÉ DE NOTRE POLICE, NOUS AVONS DÉJÀ ARRÊTÉ L'UN DES COMPLICES DE CET INQUALIFIABLE ATTENTAT !
41B

LE DIABLE EST COMPLÈTEMENT OBSÉDÉ PAR CETTE FILLE SUR LA PHOTO ET ÇA LAISSE LE CHAMP LIBRE À DIEU POUR ASSEOIR SES POSITIONS !
MAIS, IL NE L'A PLUS LA PHOTO, LE DIABLE !
JUSTEMENT, CE CRÉTIN L'A PERDUE, ET TOUS LES GENS QUI L'ONT VUE, DEVIENNENT DES RIVAUX, LE GÊNENT, ET LUI FONT PERDRE DU TEMPS. SANS COMPTER LA MORT DE SON PÈRE !
MAIS VOUS MÊME MONSIEUR LERMITE, N'ÊTES VOUS PAS UN PEU AMOUREUX DE CETTE PERSONNE !
LERMITE ? IL EN CRÈVE ?
SEULEMENT, POUR L'AVOIR, IL FAUT SE BATTRE, ET ÇA C'EST DUR POUR NOTRE AMI, PAS VRAI BERNARD ?
J'AVOUE QUE JE LA TROUVAIS PAS MAL, MAIS SANS PLUS !
TROUVAIS ? VOUS NE TROUVEZ PLUS ? AH ! JE SAIS ! VOUS AIMEZ QUELQU'UN D'AUTRE MMH ?
QUI ÇA, MOI ?
HOLÀ, MAIS, J'Y PENSE, C'EST TRÈS DANGEREUX ÇA, IMAGINE QUE CE CON DE DIABLE TOMBE AMOUREUX D'UNE AUTRE FILLE, ÇA FOUT TOUS NOS PLANS PAR TERRE !
POURQUOI ? ÇA REVIENT AU MÊME, L'ESSENTIEL EST QU'IL SOIT OCCUPÉ !
NON, SI C'EST UNIQUEMENT PHYSIQUE, IL PEUT TRÈS BIEN PENSER À AUTRE CHOSE !
IL A RAISON !
!!!
VENEZ LERMITE, JE VAIS VOUS MONTRER QUELQUE CHOSE !
JE TROUVE ÇA RISQUÉ !
IL FAUT BIEN VÉRIFIER !
ALORS ?
42B

ELLE... ELLE EST ENCORE MIEUX QUE SUR LA PHOTO!
LERMITE, VOUS ÊTES DONC TOUJOURS ÉPRIS D'ELLE?
EUH... NON!
JE M'EN DOUTAIS, ON DÉCLENCHE L'OPERATION DÈS MAINTENANT, J'APPELLE JÉSUS!
QUI AIMEZ VOUS MAINTENANT ALORS? LA DANSEUSE À CHIGNON?
ALLÔ!... JÉSUS?
ALLÔ... JÉSUS, MON PETIT, TU M'ENTENDS?
ALLÔ... PAPA? OUI, JE T'ÉCOUTE!
QUI C'EST? QUI C'EST?
MON GARÇON ÉCOUTE MOI BIEN, RENTRE DARE DARE AVEC LUCIFER, ON A PU VÉRIFIER AVEC L'ÉTERNEL FÉMININ QUE L'HOMME ÉTAIT ASSEZ CHANGEANT...
ET QU'IL N'Y A PAS DE RAISON QUE LE DIABLE NE LE SOIT PAS!
O.K. PAPA, ON FAIT DEMI-TOUR!
ALORS? C'EST L'ÉTERNEL FÉMININ?
OUICHE!
BEN, VOUS GÊNEZ PAS, CECI DIT, IL Y A DES HÔTELS!
C'EST VRAI QU'ELLE EST JOLIE, MAIS ELLE EST VULGAIRE, HEIN BERNARD

EXCUSEZ NOUS DE VOUS AVOIR RÉVEILLÉE, MADAME !
IL EST TRÈS POLI CE JEUNE HOMME... ET BIEN ÉLEVÉ !
VOUS... ÊTES TRÈS BELLE !
ALORS LERMITE, ON RETOURNE SA VESTE ?
PAS DU TOUT, C'EST VOUS QUE JE PRÉFÈRE !
VRAIMENT ? ELLE A POURTANT DE TRÈS BEAUX SEINS...
...PLUS GROS QUE LES MIENS !
L'ÉTERNEL ! JÉSUS RENTRE AVEC LE DIABLE, CE N'EST PEUT ÊTRE PAS UTILE DE VANTER LES MÉRITES DE SA FIANCÉE À UN RIVAL !
POURQUOI FAIT.ON DEMI-TOUR ?
ON VA TE PRÉSENTER TA FIANCÉE VEINARD !
MA FIANCÉE ? CELLE DE LA PHOTO ? ELLE EXISTE EN VRAI ? SPLENDIDE ! PLUS VITE, PLUS VITE, ACCÉLÈRE !
NON ! C'EST PAS CETTE MANETTE !
ZBOÏNG!
EH BIEN, LES MOEURS SE RELÂCHENT DIRAIT.ON !
C'EST ELLE QUI ME TRAITE DE VULGAIRE ALORS QUE C'EST LA PREMIÈRE À MONTRER SES NICHONS !
IL FAUT RECONNAÎTRE QUE LES VÔTRES SONT PLUS IMPORTANTS... AH ! EXCUSEZ MOI !...
DRING DRING

OUI ?... QUOI ?... QU'EST-CE QUE TU RACONTES ?
... ALORS BIEN SÛR, ÇA VA NOUS RETARDER, ENFIN... BON, JE TE TIENS AU COURANT !
PARFOIS, J'AI ENVIE DE TOUT LAISSER TOMBER, MAIS S'IL N'Y A PLUS DE RELIGION, IL N'Y A PLUS RIEN !
REGARDEZ À BÂBORD IAN !
45A
C'EST TRÈS BIEN, ILS VONT ASSISTER À NOS RÉPÉTITIONS, C'EST IMPORTANT POUR NOUS D'AVOIR UN PUBLIC !
CRÂNEUR EH ! TU CRÂNES !
OUI ? APRÈS CE QUE TU AS FAIT, TU PEUX T'ÉCRASER EH !
MESSIEURS ! S'IL VOUS PLAIT !
MOI, SI JE VEUX, JE MARCHE DANS LE FEU !
POURRIEZ VOUS NOUS RAMENER À TERRE ?
AVEC PLAISIR, À PROPOS, JE MONTE UN SPECTACLE À LA RENTRÉE... VOUS SERIEZ LIBRE À CE MOMENT ?
TIENS ! MAIS CE SONT LES CLOWNS DE L'OPÉRA, AH ! FAUDRA BOSSER POUR FAIRE COMME MON POTE HEIN !
45B

QUAND JE PENSE QUE J'AI TOUJOURS VÉCU EN PASSANT À CÔTÉ DU BONHEUR DES AMOURS ANCILLAIRES À LA PLAGE !
?
OH ! REGARDEZ MON CHÉRI, UN AVION !
ON NE MONTRE PAS DU DOIGT ! MAIS... IL NOUS FONCE DESSUS !
MOINS PROFONDS LES TROUS MON LAPIN !
MAIS, OÙ M'EMMENEZ VOUS ? VOUS N'AVEZ PAS LE DROIT !
VOUS N'AVEZ JAMAIS ENTENDU PARLER DE L'EXTRADITION ?
DOCK 4
46A
VOUS AURIEZ PU M'EXTRADER PAR AVION !
VOTRE TRAVERSÉE ÉTAIT COMPRISE DANS LE FORFAIT DU RAPATRIEMENT DU COLONEL MASSMEDIAZ...
SI VOUS N'Y VOYEZ PAS D'INCONVENIENTS, JE PARTAGERAI VOTRE CABINE, JE POURRAI MIEUX VOUS SURVEILLER ET ÇA FAIT FAIRE DES ÉCONOMIES AU SAN MIRADOR !
BIEN, REPRENONS DEPUIS LE DÉBUT, DANS VOTRE TAXI, UN AGENT DE L'EST TROUVE LA PHOTO D'UNE AGENTE DOUBLE...
46B

BON, BEN IL N'Y A PLUS QU'À LES ATTENDRE !
VOUS VOULEZ REJOINDRE CETTE FILLE LERMITE ?
NON, NON, JE ME DISAIS QUE J'ALLAIS PEUT ÊTRE RENTRER CHEZ MOI !
RESTEZ UN PEU BERNARD !
ETERNEL, JE VOUDRAIS TE DIRE DEUX MOTS !
IMAGINE QUE LERMITE SÉDUISE NOTRE AMIE, ON AURAIT L'AIR MALIN !
FAIS MOI CONFIANCE !
N'EST-CE PAS MONSIEUR !
PARDON ?
LE DÉCOR : UNE PISCINE, ELLE SYMBOLISE LE MENSONGE, LE HÉROS S'ENFONCE DEDANS, VOUS APPARAISSEZ, VOUS MARCHEZ DESSUS, TRÈS BEAU, TRÈS MYSTIQUE, AU FAIT, VOUS ÊTES CROYANT ?
MOI JE PEUX CRACHER DU FEU SI VOUS VOULEZ !
VOUS PRENEZ LE PREMIER QUART ? OUVREZ L'OEIL, C'EST LA ROUTE DES CARGOS !
NE VOUS INQUIÉTEZ PAS, DORMEZ BIEN !
IAN, DEPUIS QU'ILS SONT LÀ, VOUS NE FAITES PLUS ATTENTION À MOI !
SI TU M'EMMERDES, TU NE FERAS PAS PARTIE DU SPECTACLE !
EH, TU LUI PARLERAS POUR QUE J'AIE UN RÔLE !
TU OUBLIES QUE NOUS DEVONS REJOINDRE TA FIANCÉE, TU MANQUES DE CONSTANCE BELZEBUTH !
SOYEZ VIGILANT COMMANDANT, JE NE SERAIS PAS ÉTONNÉ QUE DES ENNEMIS DE LA LIBERTÉ PLACENT DES ICEBERGS SUR NOTRE ROUTE !
NE CRAIGNEZ RIEN, VOUS VOULEZ VOIR AVEC LES JUMELLES ?

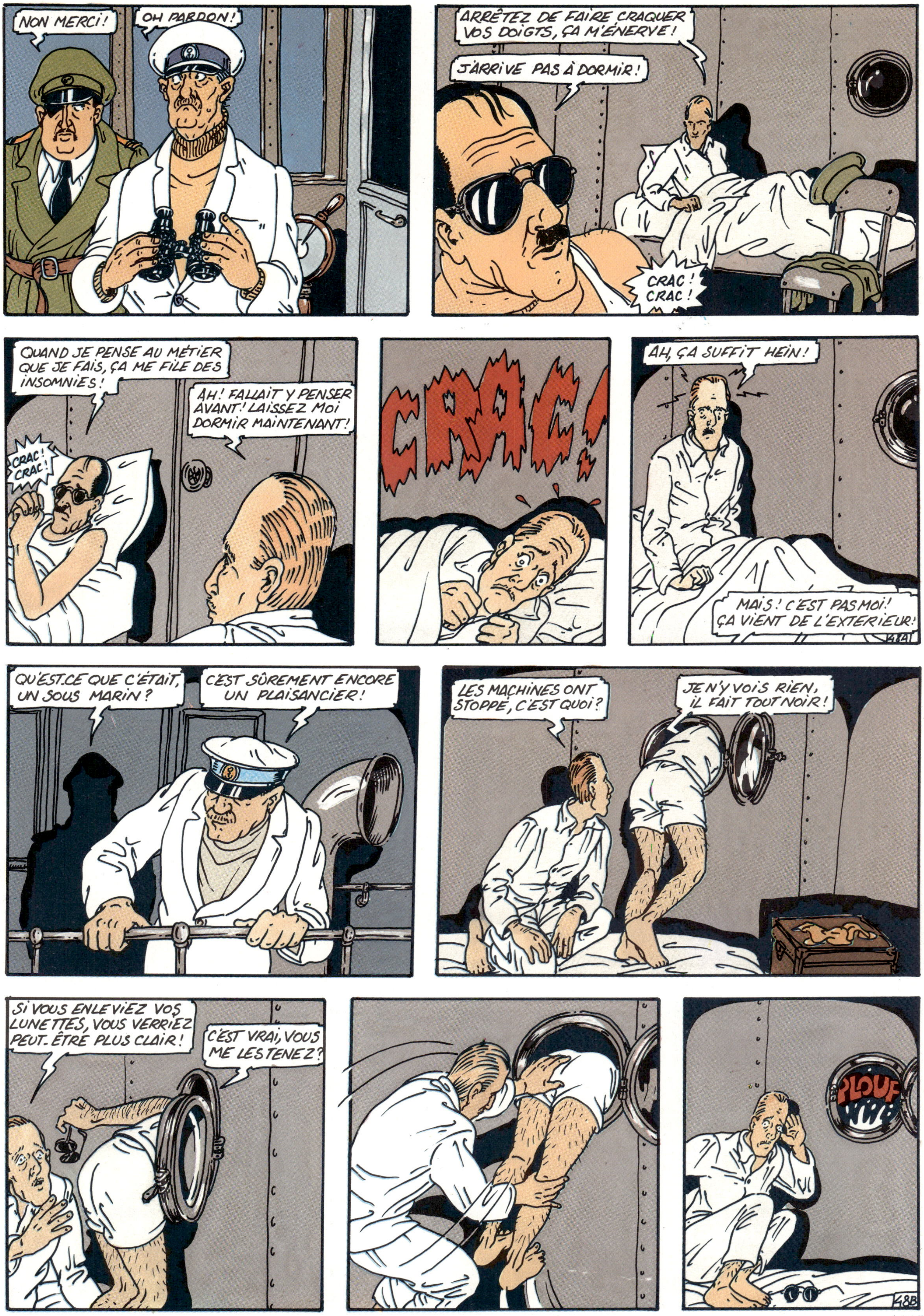
NON MERCI!
OH PARDON!
ARRÊTEZ DE FAIRE CRAQUER VOS DOIGTS, ÇA M'ÉNERVE!
J'ARRIVE PAS À DORMIR!
CRAC! CRAC!
QUAND JE PENSE AU MÉTIER QUE JE FAIS, ÇA ME FILE DES INSOMNIES!
AH! FALLAIT Y PENSER AVANT! LAISSEZ MOI DORMIR MAINTENANT!
CRAC! CRAC!
CRAC!
AH, ÇA SUFFIT HEIN!
MAIS! C'EST PAS MOI! ÇA VIENT DE L'EXTERIEUR!
QU'EST.CE QUE C'ÉTAIT, UN SOUS MARIN?
C'EST SÛREMENT ENCORE UN PLAISANCIER!
LES MACHINES ONT STOPPÉ, C'EST QUOI?
JE N'Y VOIS RIEN, IL FAIT TOUT NOIR!
Si VOUS ENLEVIEZ VOS LUNETTES, VOUS VERRIEZ PEUT-ÊTRE PLUS CLAIR!
C'EST VRAI, VOUS ME LES TENEZ?
PLOUF

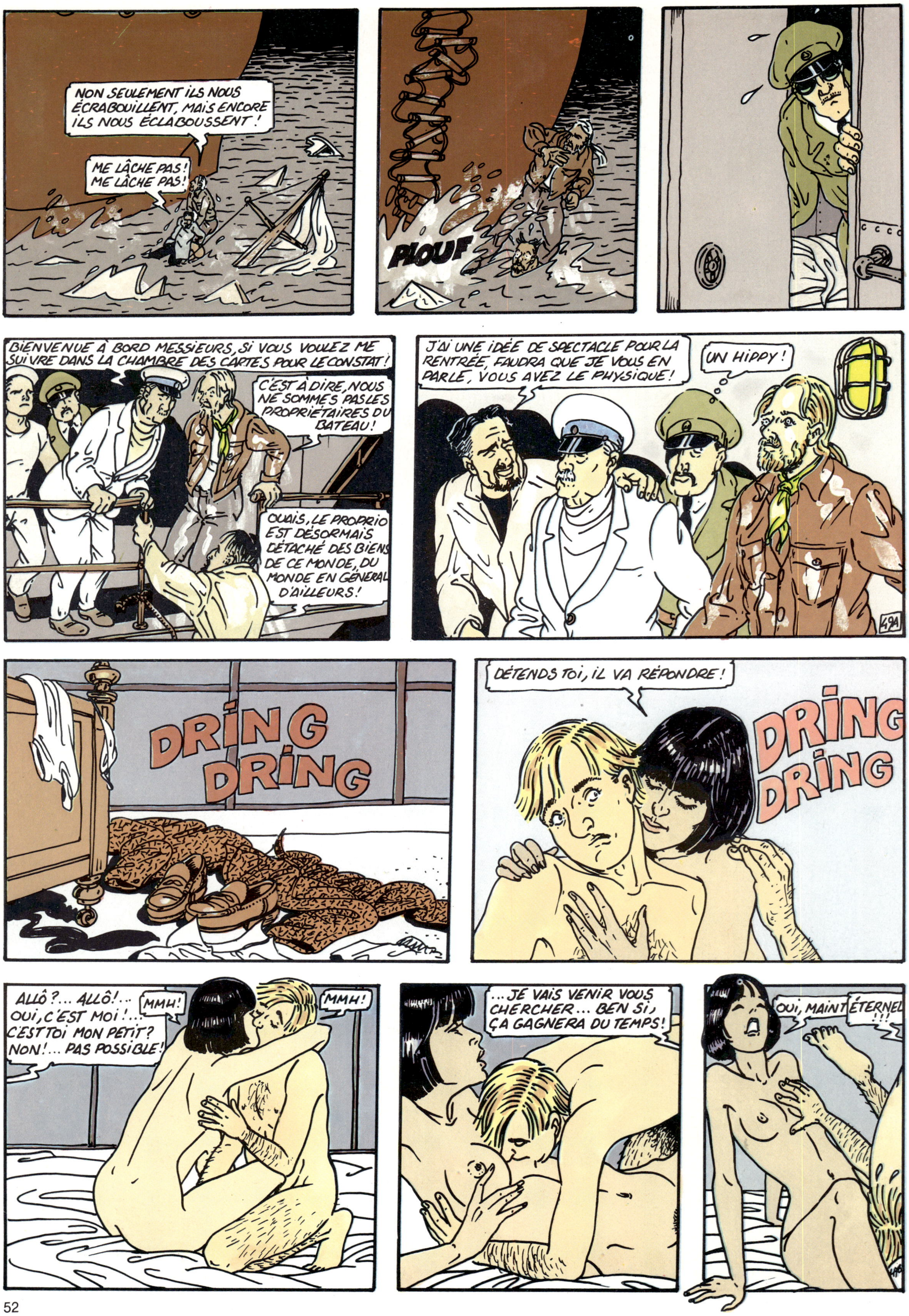
NON SEULEMENT ILS NOUS ÉCRABOUILLENT, MAIS ENCORE ILS NOUS ÉCLABOUSSENT !
ME LÂCHE PAS ! ME LÂCHE PAS !
PLOUF
BIENVENUE À BORD MESSIEURS, SI VOUS VOULEZ ME SUIVRE DANS LA CHAMBRE DES CARTES POUR LE CONSTAT !
C'EST À DIRE, NOUS NE SOMMES PAS LES PROPRIÉTAIRES DU BATEAU !
OUAIS, LE PROPRIO EST DÉSORMAIS DÉTACHÉ DES BIENS DE CE MONDE, DU MONDE EN GÉNÉRAL D'AILLEURS !
J'AI UNE IDÉE DE SPECTACLE POUR LA RENTRÉE, FAUDRA QUE JE VOUS EN PARLE, VOUS AVEZ LE PHYSIQUE !
UN HIPPY !
DRING DRING
DÉTENDS TOI, IL VA RÉPONDRE !
DRING DRING
ALLÔ ?... ALLÔ !... OUI, C'EST MOI !... C'EST TOI MON PETIT ? NON !... PAS POSSIBLE !
MMH !
MMH !
...JE VAIS VENIR VOUS CHERCHER... BEN SI, ÇA GAGNERA DU TEMPS !
OUI, MAINT
ÉTERNEL !!!

PAPA PART MAINTENANT, ET NOUS ATTEND AU SAN MIRADOR !
ON AURA LE TEMPS DE VISITER QUAND MÊME ?
JÉSUS ET LUCIFER SONT DANS UN BATEAU... AUCUN N'EST TOMBÉ DANS L'EAU ET ILS FONT ROUTE VERS L'AMÉRIQUE DU SUD...
C'EST POUR ME DIRE ÇA QUE TU ME DÉRÈGLES LE CLIMAX ?
NON, C'EST POUR TE DIRE QUE JE VAIS LES CHERCHER ET QUE PENDANT MON ABSENCE, TU FERAIS BIEN DE SURVEILLER TON PETIT JEUNE HOMME !
COMMENT EST LA MÉTÉO ?
VALABLE !
VALABLE QUI ?
MON DIEU !
TIENS ! J'AI UN BRUIT !
AH ! GONZALES !
VOTRE PRISONNIER DORT ? C'EST BIEN MA PAROLE, VOUS AVEZ CHANGÉ DE MOUSTACHE ! C'EST MIEUX... C'EST MIEUX !
...L'AUTRE ÉTAIT DÉMODÉE... AU FAIT ! J'AI DES SOUPÇONS AU SUJET DES NAUFRAGÉS, SURTOUT SUR LE FILS À PAPA HIPPY !
VOILÀ, C'EST LEUR CABINE, CUISINEZ LES EN DOUCEUR, FAITES MOI UN RAPPORT, JE VOUS FAIS CONFIANCE !
TIENS ! LE CHAUFFEUR DE TAXI !
?

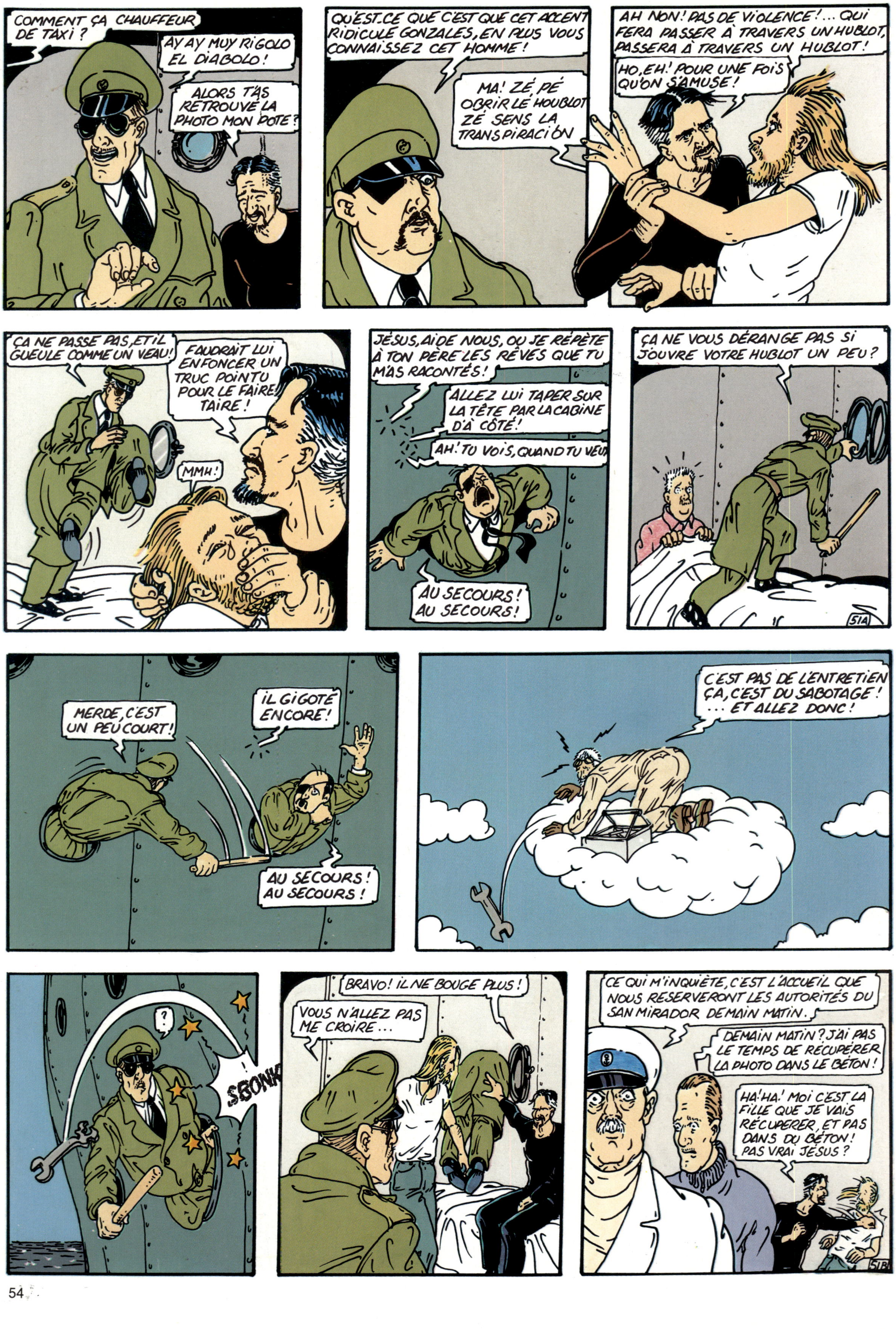
COMMENT ÇA CHAUFFEUR DE TAXI ?
AY AY MUY RIGOLO EL DIABOLO !
ALORS T'AS RETROUVÉ LA PHOTO MON POTE ?
QU'EST-CE QUE C'EST QUE CET ACCENT RIDICULE GONZALES, EN PLUS VOUS CONNAISSEZ CET HOMME !
MA ! ZÉ PÉ OBRIR LÉ HOUBLOT ZÉ SENS LA TRANSPIRACIÓN
AH NON ! PAS DE VIOLENCE !... QUI FERA PASSER À TRAVERS UN HUBLOT, PASSERA À TRAVERS UN HUBLOT !
HO, EH ! POUR UNE FOIS QU'ON S'AMUSE !
ÇA NE PASSE PAS, ET IL GUEULE COMME UN VEAU !
FAUDRAIT LUI ENFONCER UN TRUC POINTU POUR LE FAIRE TAIRE !
MMH !
JÉSUS, AIDE NOUS, OU JE RÉPÈTE À TON PÈRE LES RÊVES QUE TU M'AS RACONTÉS !
ALLEZ LUI TAPER SUR LA TÊTE PAR LA CABINE D'À CÔTÉ !
AH ! TU VOIS, QUAND TU VEUX
AU SECOURS ! AU SECOURS !
ÇA NE VOUS DÉRANGE PAS SI J'OUVRE VOTRE HUBLOT UN PEU ?
51A
MERDE, C'EST UN PEU COURT !
IL GIGOTE ENCORE !
AU SECOURS ! AU SECOURS !
C'EST PAS DE L'ENTRETIEN ÇA, C'EST DU SABOTAGE ! ... ET ALLEZ DONC !
?
SBONK
BRAVO ! IL NE BOUGE PLUS !
VOUS N'ALLEZ PAS ME CROIRE...
CE QUI M'INQUIÈTE, C'EST L'ACCUEIL QUE NOUS RESERVERONT LES AUTORITÉS DU SAN MIRADOR DEMAIN MATIN.
DEMAIN MATIN ? J'AI PAS LE TEMPS DE RÉCUPÉRER LA PHOTO DANS LE BÉTON !
HA ! HA ! MOI C'EST LA FILLE QUE JE VAIS RÉCUPERER, ET PAS DANS DU BÉTON ! PAS VRAI JÉSUS ?
51B

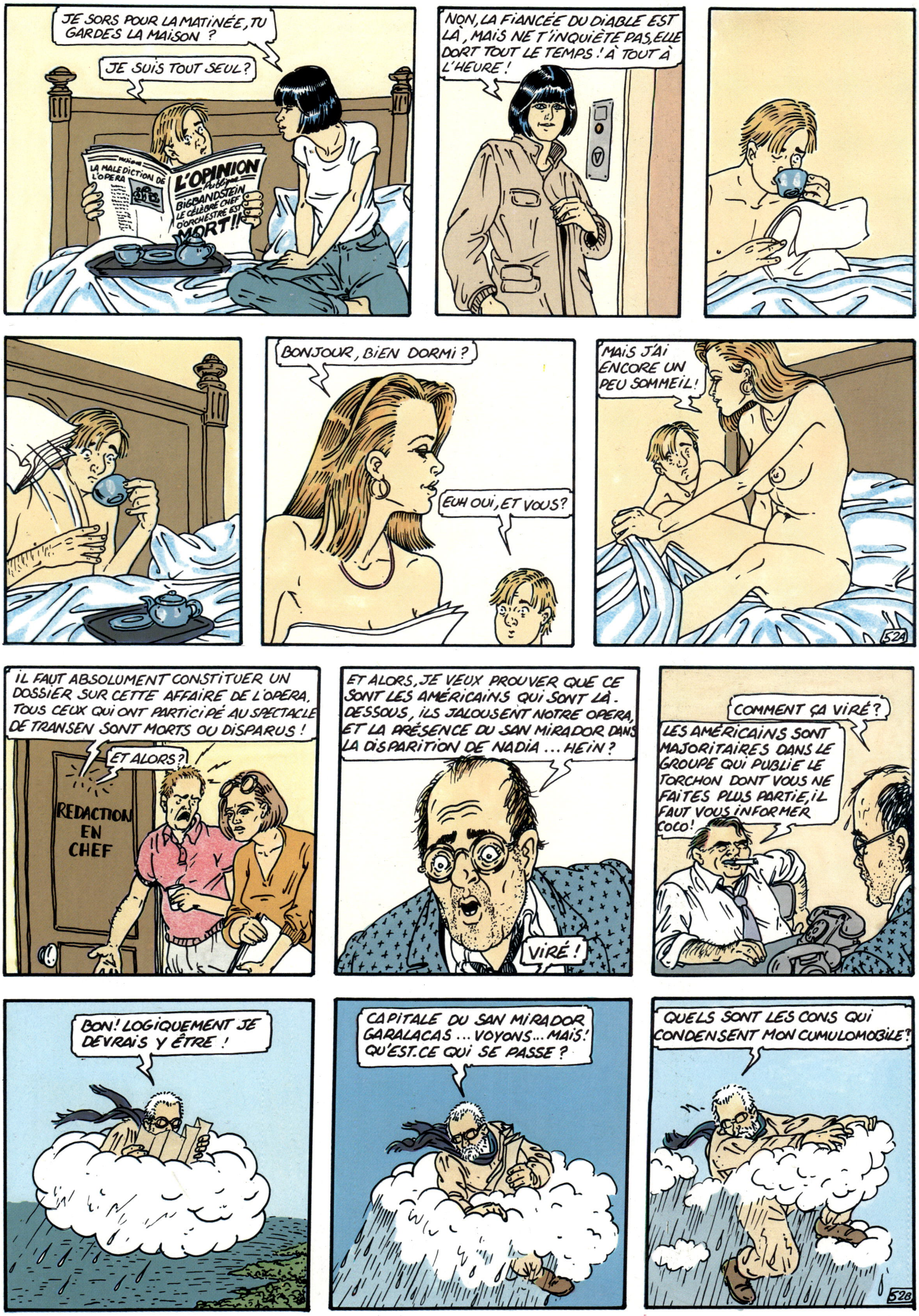
JE SORS POUR LA MATINÉE, TU GARDES LA MAISON ?
JE SUIS TOUT SEUL ?
LA MALEDICTION DE L'OPERA
L'OPINION Publique
BIGBANDSTEIN LE CÉLÈBRE CHEF D'ORCHESTRE EST MORT !!
NON, LA FIANCÉE DU DIABLE EST LÀ, MAIS NE T'INQUIÈTE PAS, ELLE DORT TOUT LE TEMPS ! À TOUT À L'HEURE !
BONJOUR, BIEN DORMI ?
EUH OUI, ET VOUS ?
MAIS J'AI ENCORE UN PEU SOMMEIL !
52A
IL FAUT ABSOLUMENT CONSTITUER UN DOSSIER SUR CETTE AFFAIRE DE L'OPERA. TOUS CEUX QUI ONT PARTICIPÉ AU SPECTACLE DE TRANSEN SONT MORTS OU DISPARUS !
ET ALORS ?
REDACTION EN CHEF
ET ALORS, JE VEUX PROUVER QUE CE SONT LES AMÉRICAINS QUI SONT LÀ-DESSOUS, ILS JALOUSENT NOTRE OPERA, ET LA PRÉSENCE DU SAN MIRADOR DANS LA DISPARITION DE NADIA ... HEIN ?
VIRÉ !
COMMENT ÇA VIRÉ ?
LES AMÉRICAINS SONT MAJORITAIRES DANS LE GROUPE QUI PUBLIE LE TORCHON DONT VOUS NE FAITES PLUS PARTIE, IL FAUT VOUS INFORMER COCO !
BON ! LOGIQUEMENT JE DEVRAIS Y ÊTRE !
CAPITALE DU SAN MIRADOR GARALACAS ... VOYONS ... MAIS ! QU'EST-CE QUI SE PASSE ?
QUELS SONT LES CONS QUI CONDENSENT MON CUMULOMOBILE ?
52B

PLIC PLOC!
PLIC PLOC!
PLIC PLOC!
PLIC PLOC!
FRITCHHH
CRAC.CRAC
FRATCH
AH OUI, BIEN SÛR, IL EST EN MAUVAIS ÉTAT, MAIS QUE VOULEZ VOUS? QUI SÈME LE VENT RÉCOLTE LA TEMPÊTE!
MOUDOUGOU PLIC PLOC
MOUDOUGOU PLIC PLOC
OUI, JE SAIS BIEN QUE C'ÉTAIT VOTRE FAISEUR DE PLUIE, ET MOI, VOUS SAVEZ QUI JE SUIS?
PLIC PLOC ACABADA?
ET VOICI LE SAN MIRADOR
J'IMAGINE LA TÊTE DU COMITÉ D'ACCUEIL!
ILS VONT PEUT ÊTRE NOUS PROPOSER DU BOULOT, ILS MANQUENT D'EFFECTIFS!
AH NON, IL FAUT QUE JE RENTRE MOI!
PAPA A DÛ DÉJÀ TOUT ARRANGER, MAIS... JE NE LE VOIS PAS SUR LE QUAI!

HOU HOU! JE SUIS RENTRÉE!
AH TU ES LÀ MON BERNARD, TU AS VU LA FIANCÉE DU DIABLE?
QUI?.. EUH NON... POURQUOI?
PARCE QU'ON VA DÉJEUNER ET QU'IL FAUT QU'ELLE VIENNE DONNER UN COUP DE MAIN! JE NE SUIS PAS LA BONNE!
EH BIEN? ON A L'AIR BIEN GAI, ON PEUT SAVOIR POURQUOI?
PARCE QUE CE MATIN, NOUS...
ETERNEL! ETERNEL!
HUM!
ETERNEL, LE NUAGE DE DIEU SEMBLE ÊTRE TOMBÉ DANS LA JUNGLE DU SAN MIRADOR! LE SIGNAL OPTIQUE A DISPARU!
ET ALLEZ DONC!
ÇA CONTINUE! IL FAUT JOINDRE JÉSUS!
C'EST TRÈS GENTIL DE NOUS AVOIR RAMENÉ LE CORPS DU COLONEL MASSMEDIAZ, MAIS NOUS AIMERIONS SAVOIR CE QUE VOUS AVEZ FAIT DES CAPITAINES GONZALES ET ALONZO!
D'ABORD, LEQUEL D'ENTRE VOUS EST LE TERRORISTE, ON M'EN SIGNALE UN, ET VOUS ÊTES TROIS!
C'EST LUI!
BRAVO!
VOUS N'AVEZ PAS VU MON PÈRE?
ATTENDEZ, ATTENDEZ, PAS TOUS À LA FOIS! QUI EST VOTRE PÈRE, UN SALE TERRORISTE AUSSI?
ALLEZ, ACCUSEZ VOUS UNE BONNE FOIS POUR TOUTES, JE SUIS PRESSÉ!
EH, OH! C'EST À CAUSE DE VOS CONNERIES QU'ON EST LÀ!
MON PÈRE C'EST DIEU, ET JE VOUS DEMANDE SI VOUS L'AVEZ RENCONTRÉ!
QU'EST CE QUE VOUS RACONTEZ?
PAF
MOI, JE SUIS JÉSUS, CELUI EN NOIR, C'EST LE DIABLE, ET L'AUTRE, C'EST LE CHAUFFEUR DE TAXI!
CHTARD
ET VOUS PENSEZ SÉRIEUSEMENT ME FAIRE AVALER ÇA? C'EST LA PREMIÈRE FOIS QUE...
DRING DRING
EXCUSEZ MOI!

AH! C'EST TOI ETERNEL? NON... LÀ, NOUS SOMMES EN PRISON... OUI, AU SAN MIRADOR... TU NE SAIS PAS OÙ EST PAPA?
LAISSEZ MOI TRANQUILLE!
TU NE DISAIS PAS ÇA CE MATIN MON SALAUD!
JE SUIS COMME TOI, JE VIENS DE L'APPRENDRE... BEN SI, IL FAUT PARTIR À SA RECHERCHE... COMMENT ÇA?... PASSE LE MOI!
TENEZ, C'EST POUR VOUS. L'ETERNEL FÉMININ VOUDRAIT VOUS PARLER!
ALLÔ... LIBÉRER LES PRISONNIERS? ... AH BON! C'EST LA VOLONTÉ DE DIEU? MAIS NON PUISQUE C'EST VOUS QUI... PARDON?... OUI?... ... AH OUI! CE QUE FEMME VEUT DIEU LE VEUT... OUI... BIEN SÛR!
TOUT S'ARRANGE! LE DIABLE RENTRE PAR LE PREMIER AVION, ET JÉSUS SE MET EN QUÊTE DE SON PAPA DANS LA JUNGLE
ÇA VA MONSIEUR JÉSUS, VOUS ÊTES BIEN?
ÇA VA! ÇA VA!
GROUILLE MON POTE, ON VA RATER L'AVION
BON, EH BIEN, BON VOYAGE, EMBRASSE L'ETERNEL POUR MOI, ET AMUSE TOI BIEN AVEC TA FIANCÉE!
D'ACCORD MON PETIT JÉSUS ESSAIE DE RETROUVER TON PAPA, SINON LA LUTTE SERA INÉGALE! HÉ HÉ!
LE SAN MIRADOR VOUS EST TRÈS RECONNAISSANT D'AVOIR ACCEPTÉ D'ASSISTER À LA CÉRÉMONIE D'INAUGURATION DU MONUMENT COMMÉMORATIF ÉLEVÉ À LA MÉMOIRE DU COLONEL MASSMÉDIAZ!
EL COLONEL MASSMEDIAZ MUERTO PARA LA LIBERTAD
N'OUBLIEZ PAS QUE VOUS NOUS AVEZ PROMIS UN GUIDE POUR RETROUVER MON PÈRE DANS LA JUN. GLE!

J'AIMAIS LE COLONEL MASSMEDIAZ, C'EST UNE GRANDE PERTE POUR LE SAN MIRADOR !
?
C'ÉTAIT UNE ORDURE ! VOUS AUREZ L'AIR FIN QUAND LE PAYS PRATIQUERA L'ALTERNANCE ET QUE VOUS SEREZ JUGÉ POUR CETTE PHRASE STUPIDE !
!!!
MON DIEU, COMME JE SUIS SOULAGÉ IL RESTE UN FERMENT DÉMOCRATIQUE DANS L'ARMÉE !
JE SAVAIS QUE VOUS N'ÉTIEZ PAS SINCÈRE, CONSIDÉREZ VOUS EN ÉTAT D'ARRESTATION !
ÇA VA ÊTRE LE MOMENT. PULVÉRISONS CET ODIEUX MONUMENT.
ARCHITECTURALEMENT C'ÉTAIT NUL !
WHAM
56A
QU'EST-CE... QU'EST-CE QUI S'EST PASSÉ ?
À VOTRE AVIS ?
ARRÊTEZ LES SURVIVANTS !
?
ALLEZ ! GROUPEZ VOUS ! RASSEMBLEZ VOUS AUTOUR DES CAMIONS ! LES MAINS SUR LA TÊTE !
?
ALLEZ-Y, MONTEZ, ON SE PRESSE !
EH LUIS ! CHOPE DONC LE PETIT MACAQUE LÀ BAS !
QUE BELLA !
56B

AEROLINAS
TU AS FAIT BON VOYAGE ?
OUI, OUI, TRÈS BON ! MA FIANCÉE EST LÀ ?
MAIS OUI, ELLE T'ATTEND NE T'EN FAIS PAS ! IL YA DES NOUVELLES DE DIEU ?
ALORS LÀ MA PETITE, JE N'EN SAIS RIEN, ET J'EN AI RIEN À FOUTRE, MAINTENANT, C'EST CHACUN POUR SOI !
T'ES VRAIMENT UNE SALOPE HEIN ? APRÈS CE QU'ON A FAIT POUR TOI !
OÙ EST. ELLE ? OÙ EST. ELLE ?
VOUS VOILÀ ENF... MAIS ! QU'EST. CE QU'IL FAIT ICI CELUI LÀ !
MMH... IL N'EST PAS TRÈS GALANT CE FIANCÉ LÀ
57A
ENFIN SEULS !
OUI !
FRANCHEMENT CE N'ÉTAIT PAS TRÈS GENTIL DE NOUS METTRE À LA PORTE... JE NE SUIS PAS SÛR QUE CELA SOIT TRÈS EN ORDRE CHEZ MOI !
MMH... MAIS C'EST GENTIL CHEZ VOUS
QU'EST. CE QUI SE PASSE ?
IL FAUT QUE J'AILLE FAIRE PIPI !
AH C'EST ÉROTIQUE !
IL PARAIT QUE C'EST TRÈS MAUVAIS DE SE RETENIR !
BON, ON Y VA ?
MMH... JE SENS QUE J'AI DÉJÀ LE DIABLE AU CORPS
AÏE !.. OUILLE !.. AÏE AÏE AÏE OUILLE !...
57B

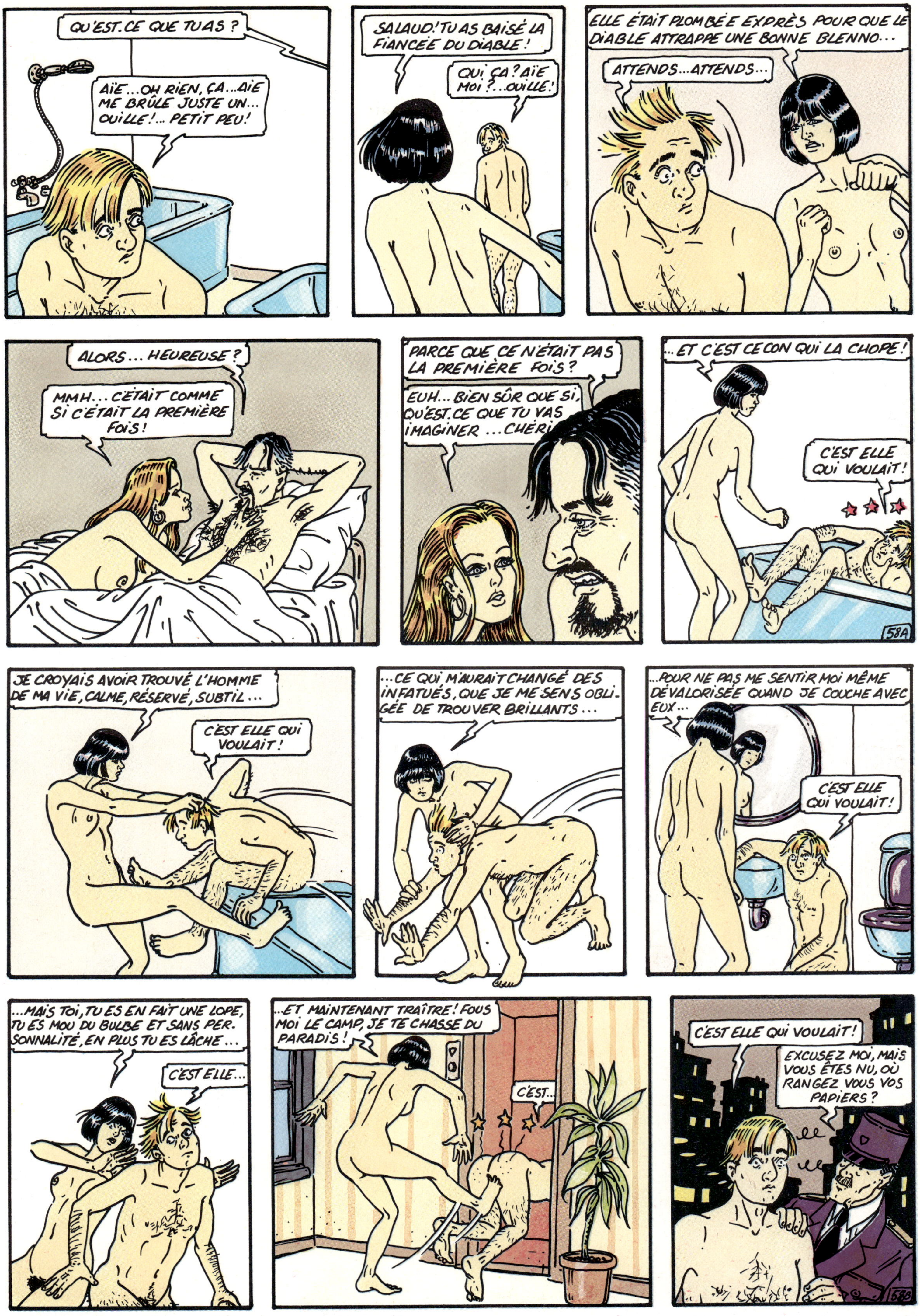
QU'EST.CE QUE TU AS ?
AÏE...OH RIEN, ÇA...AÏE ME BRÛLE JUSTE UN... OUILLE!... PETIT PEU!
SALAUD! TU AS BAISÉ LA FIANCÉE DU DIABLE!
QUI ÇA? AÏE MOI?...OUILLE!
ELLE ÉTAIT PLOMBÉE EXPRÈS POUR QUE LE DIABLE ATTRAPPE UNE BONNE BLENNO...
ATTENDS...ATTENDS...
ALORS... HEUREUSE?
MMH... C'ÉTAIT COMME SI C'ÉTAIT LA PREMIÈRE FOIS!
PARCE QUE CE N'ÉTAIT PAS LA PREMIÈRE FOIS?
EUH... BIEN SÛR QUE SI. QU'EST.CE QUE TU VAS IMAGINER ...CHÉRI
...ET C'EST CE CON QUI LA CHOPE!
C'EST ELLE QUI VOULAIT!
58A
JE CROYAIS AVOIR TROUVÉ L'HOMME DE MA VIE, CALME, RÉSERVÉ, SUBTIL...
C'EST ELLE QUI VOULAIT!
...CE QUI M'AURAIT CHANGÉ DES INFATUÉS, QUE JE ME SENS OBLIGÉE DE TROUVER BRILLANTS...
...POUR NE PAS ME SENTIR MOI MÊME DÉVALORISÉE QUAND JE COUCHE AVEC EUX...
C'EST ELLE QUI VOULAIT!
...MAIS TOI, TU ES EN FAIT UNE LOPE, TU ES MOU DU BULBE ET SANS PERSONNALITÉ, EN PLUS TU ES LÂCHE...
C'EST ELLE...
...ET MAINTENANT TRAÎTRE! FOUS MOI LE CAMP, JE TE CHASSE DU PARADIS!
C'EST...
C'EST ELLE QUI VOULAIT!
EXCUSEZ MOI, MAIS VOUS ÊTES NU, OÙ RANGEZ VOUS VOS PAPIERS?
58B

JE N'ARRIVE PAS À M'Y FAIRE!
C'EST POURTANT PRATIQUE!
DRING DRING
OUI... LE SAN MIRADOR A MIS UN GUIDE À NOTRE DISPOSITION... NON, JE NE SAIS PAS QUAND NOUS ARRIVERONS... ALORS? LE DIABLE CONVOLE?... MAIS QU'EST-CE QUE TU AS?... TU PLEURES?
RIEN... RIEN... ÇA VA, JUSTE UN PEU DE FATIGUE
EH BIEN, IL DOIT S'EN PAYER LE SATAN À CETTE HEURE!
NE CROIS PAS ÇA NOUS AVONS SOIGNEUSEMENT CHOISI SA PARTENAIRE!
CE N'EST PAS POSSIBLE DE VIVRE ICI MON PETIT DIABLE ON VA DÉMÉNAGER!
POURQUOI? ON A TOUJOURS VÉCU SOUS TERRE NOUS AUTRES!
IL N'EST PAS QUESTION D'ÉLEVER NOS ENFANTS DANS CE TROU À RATS!
BON, BON, JE VAIS FAIRE LES ANNONCES!
OH, MOI, JE ME CONTENTERAIS DE LA PHOTO, C'EST ÇA QUI M'INTÉRESSE, C'EST DRÔLE QU'ON NE L'AIT PAS TROUVÉE DANS LA BAGNOLE DE MASSMEDIAZ!
SI ÇA SE TROUVE, ELLE EST RESTÉE EN FRANCE!
ENFIN!... LUI AU MOINS, IL A L'AIR CONTENT!
MAIS OUI! QU'EST-CE QU'IL REGARDE NOTRE GUIDE?
FAIS VOIR ÇA, TOI!
TCHAC!
MAIS... C'EST...
LES INDIENS!

HEUREUSEMENT QUE VOUS LA LEUR AVEZ MONTRÉE, SINON ON Y PASSAIT! C'EST FOU LES EFFETS DE CETTE PHOTO!
FOU!...MAIS J'AI BIEN PEUR QU'ILS NE ME LA RENDENT PAS!
CELA SEMBLE ÊTRE LEUR VILLAGE!
ILS AURONT PEUT ÊTRE DES NOUVELLES DE PAPA!
TIENS, C'EST CURIEUX ÇA, ILS METTENT LA PHOTO AU RANG DE LEURS DIVINITÉS!
NORMAL! QUAND ON NE CONNAIT PAS LE VRAI DIEU!
REGARDEZ CELLE LÀ, ELLE EST MARRANTE!
PAPA!
MON PAPA! QU'EN ONT ILS FAIT!
BEN DIS.DONC! ILS SAVENT CE QU'ILS FONT!
OUI, DIEU!
DIEU À NOUS!
PAPA!
...DEUX MIDI, ET DEUX LE SOIR, ET VOUS REVENEZ ME VOIR DANS UNE SEMAINE POUR BIEN VÉRIFIER LA DISPARITION DES GONOCOQUES! ET... PAS DE RAPPORTS PENDANT CE TEMPS!
?
QUE VAS-TU FAIRE MAINTENANT QUE TU ES AU POUVOIR ?
DU TEMPS DE PAPA, JE ME DISAIS QUE JE FERAIS UNE RELIGION PLUS PROGRESSISTE. MAINTENANT QU'IL EST MORT, JE N'AI PAS ENVIE DE JOUIR DE CETTE NOUVELLE ET TERRIBLE LIBERTÉ!... J'AI CHANGÉ... JE CROIS.
D'AUTANT PLUS QUE CE N'EST PAS LE MOMENT D'ÊTRE MOLASSON, LE DIABLE NE DÉSARME PAS, EN ÉCHANGE DE LEUR ÂME, IL MONTRE DES POLAROÏDS DE SA FEMME À DES BONS CHRÉTIENS!
JE SUIS SÛRE QU'IL EST NUL COMME PHOTOGRAPHE!
PEUT.ÊTRE, MAIS MAINTENANT IL A UN FILS QUI SERA PEUT.ÊTRE REDOUTABLE. IL FAUT QUE JE ME MARIE MOI AUSSI... MAIS QU'AS.TU ?
RIEN... RIEN... LA FUMÉE!

ALLONS MONSIEUR LERMITE, IL FAUT SORTIR ! VOILÀ TROIS ANS QUE VOUS NE VOYEZ PLUS PERSONNE !
DRING
ALLO ? ALLO !
AH !.. BONJOUR MAMAN ! SI, SI JE VAIS TROUVER DU TRAVAIL, J'AI MIS UNE PETITE ANNONCE À LA BOULANGERIE !...
TAXIS
MAIS ! C'EST LE PETIT JEUNE HOMME DE CETTE PAUVRE NADIA !
OH ! BONSOIR, VOUS NE VOUS OCCUPEZ PLUS DE DANSE ?
NON, JE ME SUIS MARIÉE, ET VOUS, QUE DEVENEZ VOUS ?
JE GARDE DES ENFANTS LE SOIR !
AH ? C'EST BIEN, IL FAUDRA VENIR GARDER LES NÔTRES MON MARI A BEAUCOUP ENTENDU PARLER DE VOUS
TAXIS
PIP PIP
TAXI
ALORS ? ON SE RABAT SUR UN AUTRE GIBIER ?
PAR CONTRE, VOUS RESTEZ FIDÈLE AU VIEUX FANTASME DE LA DANSEUSE !
TAXI
ÇA C'EST MARRANT HEIN ! TOUS MES CLIENTS RECONNAISSENT QUE C'EST UNE DANSEUSE POURTANT ELLE EST À POIL !
IL FAUT DE LA SOUPLESSE POUR UNE POSITION AUSSI VULGAIRE !
VOUS N'AVEZ PAS TOUJOURS DIT ÇA !... EH MON POURBOIRE
DRING
BONSOIR, JE SUIS LE GARDE D'ENF...
CHÉRIE ? ÇA C'EST RIGOLO, DEVINE QUI C'EST ?
OUIN ! OUIN !
IL Y A À BOIRE DANS LA CUISINE !
OUIN ! OUIN !
GROUILLE, ON N'ARRIVE PAS EN RETARD À L'OPÉRA !
OUIN OUIN
PA... PAPA ?
FIN

Cet album
a été achevé d'imprimer
en avril 1985
sur les presses
de l'imprimerie Intergrafica
pour les Éditions Albin Michel

Dépôt légal : mai 1985
N° d'édition : 8737
Imprimé en Italie